DE LA MÊME AUTRICE

Aux Éditions Gallimard

CON BRIO, 1999.
MORT D'UNE PRIMA DONNA SLOVÈNE, 2001.
MORENO, 2003.
UN CŒUR DE TROP («Folio» n° 4633), 2006.
COCO DIAS OU LA PORTE DORÉE, 2007.
PETIT ÉLOGE DE LA RUPTURE, «Folio 2 €» n° 4961, 2009.
UNE NUIT À REYKJAVÍK, («Folio» n° 5573), 2011.
VISAGE SLOVÈNE, 2013.
NOUVELLES DÉFINITIONS DE L'AMOUR, 2017.

Aux Éditions Arléa

LE DIEU DES OBSTACLES, 2021.

BRINA SVIT

Les cycles de la révolte

roman

nrf

GALLIMARD

La liberté est un verbe

Boris A. Novak

1

Elle finit par appuyer sur la sonnette de l'appartement de sa sœur. Elle l'a appelée de Paris pour lui demander si elle pouvait passer quelques jours chez elle. Tu veux venir à Ljubljana, pendant l'épidémie ? Tu es en sûre, Nastia ? Parce que ce n'est vraiment pas le moment, crois-moi.

Si, justement, c'était le moment. De toute façon, elle avait déjà pris son billet, même s'il n'y avait plus de vols directs et qu'il fallait passer par Amsterdam pour avoir une correspondance pour Ljubljana.

Et maintenant elle est là, devant la porte de la *sorella*, comme elle appelle sa sœur Dora, sur un long palier d'un immeuble moderne de trois étages. Rompue de fatigue, exténuée. La journée a été trop longue. Ça fait plusieurs nuits qu'elle ne dort que quelques heures, péniblement. Elle a faim, la bouche toute sèche. Et pas envie de parler, pas ce soir, pas à la *sorella* en tout cas. Elle aurait préféré aller chez Zarja, son amie chez qui elle avait l'habitude de dormir quand elle venait à Ljubljana, seule ou avec François : pendant un temps, elle avait même la clé de son grand appartement du centre-ville, donnant sur la place de la Révolution française. Zarja lui aurait fait couler un bain et lui aurait massé le cou. Voilà ce dont elle aurait besoin : qu'on lui fasse couler un bain et qu'on lui masse le cou. Mais Zarja est partie à la campagne avec son père et les hôtels sont tous fermés.

Elle sonne encore une fois. Qu'est-ce qu'elle fait, la *sorella*? Elle est peut-être dans la salle de bains justement? Ou dans la cuisine? Ou elle regarde le journal télévisé. En ce moment, tout le monde regarde le journal télévisé.

Ou bien elle fait exprès de la laisser attendre, la Parisienne, comme elle dit. Celle qui est partie avec un Français rencontré dans un hôtel du bord de mer où elle travaillait l'été comme réceptionniste, sur un coup de tête, sans avoir terminé ses études, sans se préoccuper de quoi que ce soit, pour aller à Paris et vivre sa vie. Celle qui revient en touriste, pour des vacances d'été ou bien de brefs séjours par-ci par-là, avec ses deux filles Selma et Ninon, et Étienne, son mari, historien des religions, spécialiste du shivaïsme du Cachemire, et grand marcheur. Celle pour qui tout semble facile, aller de soi : sa galerie, par exemple, où elle a commencé à travailler à mi-temps comme assistante pour en devenir quelques années plus tard la directrice. Celle qui sait où poser son regard et son désir, qui a du goût, on ne peut pas dire le contraire, de l'humour aussi, un humour bien à elle qui ne fait pas rire tout le monde. Celle qui engage facilement la conversation avec des inconnus, dans la rue, au café, dans sa galerie, qui croit qu'elle est toujours jeune, que le temps n'a pas de prise sur elle, il suffit de voir comment elle s'habille… Celle qui s'est payé le luxe de tomber amoureuse d'un certain François, ingénieur de formation, rien à voir avec tous ces artistes qui lui tournaient autour, ce qui a évidemment fait éclater sa vie de famille : Étienne a déménagé à l'autre bout de Paris et les filles se sont détournées d'elle, la petite en tout cas, qui ne lui donne plus de nouvelles depuis un certain temps. Celle qui voyage partout, avec son François ou seule, à Oslo, par exemple, et à Madrid pour aller voir Olga Ruiz, la propriétaire de la galerie OR. Et puis, évidemment, celle qui prévient toujours au dernier moment, je suis là, j'arrive, comme si tout le monde était à sa disposition.

Tandis que sa sœur, de quatre ans sa cadette, médecin généraliste et bonne musicienne, restait là à s'occuper de tout le monde, à commencer par leurs parents, leur père surtout, dépressif et alcoolique, hospitalisé à plusieurs reprises, et leur mère, qui vivait séparée de lui et ne voulait plus entendre parler de son ex-mari. De Dani bien sûr, son fils, qu'elle a eu avec un avocat de Maribor qui venait passer chez elle les week-ends et les vacances, puis juste les vacances, puis plus rien du tout. Sans parler de ses patients qui pouvaient l'appeler à n'importe quel moment de la journée, de ses plantes dont elle prenait grand soin et de son chat qui ne se laissait toucher que par elle.

C'est quand elle se demande si elle sonne encore une fois ou si elle se pose quelque part, sur une marche, par exemple, elle ne peut plus rester debout, qu'elle entend le bruit des pas dans le couloir, des pas feutrés, glissants, des pas de Dora. Puis celui de la clé qui tourne dans la serrure et de la porte qui s'ouvre enfin. Et sa voix qui dit :

— Qu'est-ce que tu fais là, assise sur ta valise ?

2

Dora est égale à elle-même. Elle ne lui a pas expliqué pourquoi elle l'avait laissée attendre, mais voulait savoir ce qu'elle faisait assise sur sa valise, avant de lui dire de la déposer dans la chambre d'ami, de suspendre son imper dans l'armoire de l'entrée et d'aller se laver les mains dans la salle de bains, il faut faire attention en ce moment et se laver les mains soigneusement.

Son appartement non plus n'a pas changé depuis la dernière fois, se dit-elle en se savonnant les mains. Tout est à la même place, bien rangé. Ses produits de beauté sur la longue étagère devant le miroir de la salle de bains, l'un à côté de l'autre comme s'ils étaient en exposition. Des serviettes sur l'étagère sous le lavabo, pliées en deux piles selon leur taille. Son peignoir en éponge, suspendu près de la porte. Un tabouret à côté de la baignoire, pour y déposer ses vêtements. Rien à voir avec son bazar à elle, où entre ses crèmes, savons, shampoings, brosses à cheveux, il y a aussi une petite tête de Bouddha en terre cuite, offerte par Étienne, une affiche jaunie de Picasso érotique, une plante verte, sa collection de vieux boutons, le tout plus ou moins pêle-mêle.

La *sorella* a besoin d'ordre autour d'elle, de prévoir les choses, savoir à quoi s'en tenir. Elle n'aime pas les surprises. Elle a certainement préparé un repas léger, comme tous les soirs, une soupe, une salade ou un dessert. À table, elle va d'abord demander comment vont ses filles. Selma est-elle toujours aussi excellente dans tout ce qu'elle touche, et ambitieuse, voulant travailler dans une entreprise importante pour voir de près comment ça se passe, et sportive avec son amour pour la voile et le badminton... Et la petite, Ninon – les Slovènes prononcent son prénom sans le son nasal, ce qui va plutôt bien avec son côté garçon manqué –, Nino donc, toujours aucune nouvelle d'elle ? Cela va faire bientôt deux ans, c'est ça ? Et Étienne, elle veut savoir comment va Étienne qu'elle continue à apprécier, son côté cultivé et spirituel, le fait qu'il ait appris le slovène, qu'il ait soutenu activement l'indépendance de la petite république yougoslave et qu'il ait été l'un des rares Français à comprendre ce qui se jouait réellement dans la décomposition du pays, sans oublier qu'il aimait randonner dans les montagnes slovènes. Et la galerie, toujours des hauts et des bas, quelques artistes qui se vendent et les autres qui restent au bord de la route, heureusement qu'il y a la riche Espagnole derrière tout ça... Et bien sûr pas un seul mot sur François, comme s'il n'existait pas. Pourtant elle le connaît, elle l'a rencontré parce que François y tenait, il voulait voir au moins la tête de la *sorella*, comme il l'appelait, lui aussi.

— Tu viens, Nastia ? J'ai mis la table. C'est prêt.

Oui, oui, elle vient, elle se dépêche... Encore un coup d'œil rapide à son visage dans le miroir, pâle, comme brûlant de l'intérieur. Puis un autre à son téléphone, elle ne peut pas s'empêcher de le sortir toutes les dix minutes de son sac pour voir s'il n'y a pas un message de François. D'habitude, il lui en envoyait quatre, cinq par jour, dont au moins un qui se terminait par : *Comme la mer…*

Ou : *Comme la mer aime…*

Ou parfois en plus long : *Comme la mer aime le menu gravier de ses profondeurs…*

Leur formule magique, phrase fétiche, inchangée depuis des années, empruntée à Kafka dans une de ses lettres à Milena : *Je t'aime, tête dure, comme la mer aime le menu gravier de ses profondeurs.*

Elle arrive, elle est là, dans la cuisine de la *sorella*, un peu démodée avec ses placards en bois foncé, et un rideau qui ne sert à rien, mais spacieuse et plutôt chaleureuse. La table est dressée pour deux personnes. Il y a même une carafe de vin rouge, posée à côté de quelques branches de mimosa dans un vase en cristal.

Et elle s'est trompée : Dora n'a pas préparé une soupe comme elle le fait d'habitude à cette heure-ci, mais un risotto aux cèpes qui a l'air bien appétissant, surtout quand on n'a rien mangé depuis le matin. Une fois attablées, lui servant du riz et même un peu de vin, elle n'a pas non plus commencé par lui demander des nouvelles de ses filles.

— Ça n'a pas l'air d'aller, toi… Tu as une petite mine. Tu as maigri. Qu'est-ce qui t'arrive, Nastia ?

Elle avale quelques bouchées, puis dépose son couvert et boit un peu de vin comme si elle avait besoin de réfléchir pour répondre.

— On s'est quittés avec François. Enfin non, c'est lui qui m'a quittée, il y a deux semaines exactement.

— C'est lui qui t'a quittée ? répète Dora, tel un écho incrédule.

Elle hoche la tête tout en continuant à scruter son plat, les fines tranches de cèpes qui affleurent de la masse du riz, et le persil haché parsemé par-dessus. Trop de persil à son goût, beaucoup trop.

— Il m'a dit qu'il avait quelqu'un d'autre. Une attirance.

— Une attirance ? Qu'est-ce que ça veut dire, une attirance ? demande Dora, toujours incrédule.

— Je ne sais pas. C'est ce qu'il m'a dit : j'ai une attirance. C'était au téléphone.

— Au téléphone ?

— Oui. Et le lendemain, il m'a rapporté les clés de mon appartement et il m'a dit que c'était fini entre nous.

Elle voit ses mains qui tremblent légèrement. Sa voix aussi tremble. Elle ne sait plus si elle a faim ou non. Elle boit une autre gorgée de vin. Puis encore une autre.

— C'est pour ça que tu es venue à Ljubljana ?

— Je ne peux pas rester dans la même ville que lui. Dans le même quartier. Passer devant les endroits qui étaient à nous. Impossible.

La *sorella*, toujours perplexe, se remet à manger.

— En plus, la galerie est fermée. Tout est fermé, le couvre-feu à six heures, c'est sinistre. Et je n'arrive pas à dormir…

— Ici, ce n'est pas très drôle non plus. Je parle de la politique sanitaire, pas très cohérente, c'est le moins qu'on puisse dire. Et puis il y a des gens qui ne respectent rien. Il y en a même qui se permettent de manifester, tu imagines ?

Elle hoche la tête bien qu'elle ne l'écoute que d'une oreille.

— Et comme il est interdit de se réunir à plus de dix personnes dans un espace public, ça se passe à vélo.

De nouveau, elle hoche la tête. Elle a entendu parler des

manifestations à vélo, elle a même vu une photo aérienne dans *Le Monde*, des milliers de bicyclettes tournant sur la grande place devant le Parlement. Même si, à dire vrai, ça lui est plus ou moins égal. Ce soir, en tout cas, ça lui est complètement égal.

— Qu'est-ce que tu vas faire ici, Nasti ?

Nasti ? Elle a dit Nasti ? Ça fait des années qu'elle ne l'a pas appelée ainsi. François aussi l'appelait Nasti. Ou Nast.

— Je ne sais pas encore... Dormir. Marcher en ville. C'est peut-être le moment idéal, vu qu'il n'y a pas de touristes.

— C'est vrai. À partir de cinq heures, il n'y a plus personne dans les rues...

Elles mangent en silence, regardant chacune dans son assiette, buvant des petites gorgées de vin rouge.

Dehors, il fait nuit depuis un moment. Ce matin, quand elle est partie de chez elle, le jour commençait juste à poindre. Elle a attendu cinq heures à l'aéroport d'Amsterdam, marchant dans les couloirs sans fin, se déplaçant d'un siège à l'autre, sortant son téléphone toutes les dix minutes, ou bien cherchant à s'assoupir un peu, un tout petit peu.

Neuf heures en tout pour venir à Ljubljana, alors que normalement il en faut deux.

— C'est bon, ton risotto.

— D'habitude, il y a toujours quelque chose qui ne va pas avec ma cuisine. Pas assez de ceci, pas assez de cela...

— Mais là, c'est bon.

C'est sec, pas assez crémeux, il y a trop de persil... Mais elle avait envie de le dire, soudain contente d'être assise à table en face de sa petite sœur. Parce que c'est quand même sa petite sœur. Bien que plus grande, plus sérieuse, plus posée. Plus belle aussi avec son visage aux traits réguliers et ses yeux verts en amande. Plus distinguée surtout, avec cette façon de se tenir bien droite, de porter des chemisiers de soie et les colliers de leur mère. Tout en paraissant plus âgée avec ses cheveux qu'elle ne teint plus, ses kilos en trop et son visage qui a perdu de sa netteté.

Quand elle était petite, elle croyait qu'elles n'étaient pas de vraies sœurs, qu'elle était une intruse dans cette famille, ne ressemblant à personne, ni à sa mère, ni à son père et encore moins à sa sœur. Sauf les mains, elle avait les mêmes mains étroites, les mêmes ongles que son père.

— Tu me donneras un somnifère tout à l'heure, Dora ?

— Je n'en ai pas. Mais tu vas bien dormir, tu vas voir…

3

Il y a une autre différence entre elles, se dit-elle, se réveillant en sursaut, tirée du sommeil par les cloches de l'église toute proche. Elle ne pourrait jamais habiter ici, à cent mètres de cette église, même si c'est l'œuvre de Plečnik, l'artiste slovène qui compte le plus à ses yeux, un architecte de génie qui cherchait la perfection tout en la subvertissant, la truffant de petites erreurs ou de fantaisies. Chapeau bas, maître, s'exclame-t-elle chaque fois qu'elle passe devant l'une de ses constructions, que ce soit à Ljubljana ou ailleurs, à Vienne et surtout à Prague.

Mais Plečnik ou pas Plečnik, ça ne change rien à la question. Elle n'est pas comme Dora qui s'endort à peine la tête posée sur l'oreiller et se réveille du bon pied, bien avant les cloches ; et si par hasard elle veut faire la grasse matinée, ne les entend même pas. Tandis que pour Nastia, qui a toujours eu le sommeil fragile, sept heures du matin est carrément le milieu de la nuit, surtout si elle a pris le restant de son dernier somnifère juste avant que le jour commence à poindre.

Quelle heure est-il ? se demande-t-elle en saisissant son portable, vérifiant par la même occasion qu'elle n'a pas de nouveaux messages. Si, il y en a deux – de Sigrid, son assistante à la galerie, et d'Étienne, lui demandant tous les deux si elle est bien arrivée – mais pas de François.

Mais pourquoi voudrait-elle qu'il lui écrive ? Pour lui dire quoi ? Qu'il fait beau à Paris et qu'il lui souhaite une belle journée ? Qu'il s'est trompé ? Que ce n'est pas vrai ce qu'il lui a dit ce matin-là en lui apportant ses clés, ni la nuit précédente, ni rien du tout, il ne sait pas ce qui lui a pris, une folie, c'est ça, une folie, qu'il faut lui pardonner, parce qu'il tient toujours à elle, elle est toujours son amour, celui qu'il aime comme la mer aime le menu gravier de ses profondeurs ?

Oh, arrête, tête dure, arrête, se dit-elle bruyamment, enterrant par avance toute velléité de se rendormir, ne serait-ce qu'une petite heure, une heure et demie, le temps de disparaître encore un peu et ne pas penser : c'est bien pour ça qu'on dort, pour s'oublier et pouvoir tout recommencer le lendemain.

La *sorella* est certainement partie à son cabinet du centre-ville depuis un moment déjà. Elle va se lever et vider sa valise. Ce sera vite fait, elle n'a pas apporté grand-chose : deux jupes, deux chemises, un pull, son cardigan beige, sa vieille veste en daim, une paire de tennis. Et sa robe bleue avec des petits nœuds sur le décolleté, celle qu'elle prend toujours avec elle et qu'elle met rarement, voire jamais. Il faut toujours avoir une belle robe avec soi, on ne sait jamais, c'est comme une bouteille de champagne au frigidaire, répondait-elle à François quand il lui demandait pourquoi elle l'emportait partout, mais ne la mettait pas.

Voilà, tout est rangé dans le petit placard en face du lit, pas très soigneusement, mais c'est fait. Elle peut aller à la cuisine pour préparer un café, prendre un verre d'eau et faire quelques pas dans l'appartement.

Il n'a pas changé depuis la dernière fois qu'elle est venue ici, se dit-elle, s'asseyant sur le canapé à côté du chat, qui déguerpit aussitôt et va s'installer sur la chaise longue un peu plus loin. Tout est à la même place. Le piano noir demi-queue. La bibliothèque qui court le long du mur derrière le piano. La chaise longue avec son tabouret et sa lampe de lecture. De vieux tableaux aux murs, dont celui qui était dans la salle de séjour de leurs parents, un cerisier en fleur se détachant sur des collines sombres au loin, la seule chose qu'elle aurait aimé avoir de leurs parents si Dora le lui avait demandé. Des plantes, le grand ficus derrière le piano, devenu presque un petit arbre maintenant, puis toutes celles qui sont sur le balcon, une vraie jungle…

Mais elle ne se souvient pas de toutes ces photos encadrées sur le piano, les photos de famille comme dans tout salon bourgeois qui se respecte. Y étaient-elles la dernière fois qu'elle est venue ?

Elle attend un peu avant d'aller les voir de près. Il y a le fils de Dora, Dani. Dani bébé. Dani petit garçon en salopette rouge et sandales blanches, se tenant à côté de sa mère, en robe rouge, elle aussi, très jolie avec ses cheveux attachés en queue-de-cheval, sa coiffure de prédilection pendant des années, dégageant le parfait ovale de son visage. Dani en jeune homme sérieux, futur avocat, comme son père, assis sur le canapé du salon à côté de sa copine chez qui il habite depuis un certain temps déjà.

Il y a leurs parents, un portrait de couple, une photo de photographe en noir et blanc, prise la veille de leur mariage. Elle et lui, figés dans une pose convenue, beaux tous les deux, elle surtout, la même beauté catégorique que Dora. Souriants, confiants, heureux certainement, ne s'imaginant pas que dans quelques années la belle image va se fissurer, le bonheur s'envoler et qu'il n'y aura plus aucune illusion nécessaire à l'amour, aucune branche à laquelle s'accrocher pour ne pas tomber.

Il y a une autre photo en noir et blanc, une photo de famille, celle-ci, prise une dizaine d'années après celle du couple, au bord du lac de Bled qu'on aperçoit en arrière-plan. La photo de famille slovène par excellence : le père et la mère avec leurs deux filles, partis en excursion au bord de ce lac, la fierté nationale. Debout tous les quatre, les parents derrière, les filles devant, Dora doit avoir six ans, et Nastia dix, elles portent une robe d'été et des sandales. Tout le monde regarde l'objectif sauf Nastia qui ferme les yeux.

Puis une autre photo de famille, la sienne, prise par la *sorella* dans un restaurant au bord de la mer, elle s'en souvient bien. Ils sont tous autour d'une grande table ovale, avec Dani en plus, assis à côté de Selma. Ils viennent de passer commande, ils ont faim, ils sont bronzés et souriants, même Ninon qui fait souvent la tête sur les photos. Étienne a encore tous ses cheveux, ses petites lunettes rondes et une de ses chemisettes d'été dont il ne se séparait jamais. Elle porte son chapeau, un joli chapeau qu'elle a perdu quelques jours plus tard. Une photo de vacances, une photo sans histoire, un souvenir.

De nouveau, elle regarde celle avec Dora et leurs parents au bord du lac. Si elle devait en choisir une seule – parce qu'il y en a d'autres, une dizaine au moins – elle prendrait celle-ci. Non pas pour le lac entouré de montagnes, avec son îlot et la petite église dessus, ni pour la famille qui décide de poser devant cette vue on ne peut plus slovène, mais pour la gamine de dix ans qui ferme les yeux avec force. C'est ça, son objet, dirait Barthes, son fameux *punctum.* C'est là que va le regard, c'est là que ça se passe. Mais pourquoi ferme-t-elle les yeux ? Parce qu'elle n'aime pas ce lac, ne s'est jamais identifiée avec ce genre de beauté subalpine ? Parce qu'elle ne veut pas être en photo avec eux ? Par jeu ? Ou bien pour une raison mystérieuse qui lui échappe ?

— Qu'est-ce que tu as fait de ta journée ? demande Dora quand elle revient à la maison vers six heures, déposant quelques courses sur la table de la cuisine.

— J'ai regardé tes photos sur le piano. Je ne savais pas qu'elles étaient là.

— Tu as passé la journée à regarder ces photos ?

Elle s'est lavée aussi. Elle a mangé le reste du risotto. Elle a consulté au moins quinze fois son portable en espérant un improbable : *comme la mer aime le menu gravier de ses profondeurs.* Elle s'est surtout demandé ce qu'elle faisait là, dans l'appartement de sa sœur, trop vieux à son goût, trop rangé, sans charme, manquant de vie et de frémissement, en compagnie d'un chat capricieux.

Pourquoi a-t-elle voulu revenir dans sa ville natale ? Parce qu'elle n'était plus sur aucune photo ? Ni sur celle avec ses parents où visiblement elle ne voulait pas être ? Ni sur celle de sa famille qui n'est plus ce qu'elle était ? Ni – fait nouveau – sur celles avec François, une longue série d'autoportraits, deux visages l'un contre l'autre, confiants et radieux pour la plupart, qu'elle devrait effacer de son portable parce qu'elles ne sont plus d'actualité.

4

Le troisième jour, après une deuxième nuit pénible et les cloches matinales en fanfare, elle commence à chercher un appartement à louer. Elle se met à éplucher les annonces sur son ordinateur. Il y a beaucoup d'offres – Ljubljana est devenue une destination touristique à la mode –, beaucoup de photos, aux légendes plus pompeuses les unes que les autres : *Lovely place in the heart of Ljubljana, Stylish boutique appartment, Lookout to Ljubljanica River, Sunny refurbished loft with a 1930 vibe, Urban home with a view of the city, Exclusive central appartment, Happy nest...* Beaucoup de tape-à-l'œil, d'ambiance « nouveau riche », d'écrans, de tableaux douteux aux murs.

Elle veut juste un appartement. Un appartement avec un bon lit, un rideau occultant, une cuisine où on peut faire à manger, le tout sans décoration, sans écrans ni tableaux. Aucun *sunny loft, lovely place* ou autre *happy nest...* Juste un endroit calme, propre, dans le centre-ville, si possible, Dora habite dans un quartier trop résidentiel et éloigné de tout où il ne se passe rien. Est-ce trop demander ? Est-ce que ça existe ?

Enfin, elle en déniche deux. Deux appartements qui

pourraient convenir : le premier, au bord de la rivière, mansardé, clair, avec une belle lumière, sans trop de chichis. Puis un autre, plus loin celui-là, sans chichis du tout, modeste dans sa simplicité rudimentaire : une chambre avec un grand lit et une armoire, un salon avec juste un canapé vert olive et un grand kilim sur un parquet ancien. Et, inhabituel pour un appartement de location : des étagères avec des livres.

Elle appelle tout de suite. L'appartement dans la vieille ville, en face de la rivière Ljubljanica, est libre. Elle peut le prendre demain, si elle veut. Il est très agréable, dans un quartier animé plein de cafés, de restaurants, de magasins... L'église ? S'il y a une église à côté ? Mais oui, bien sûr. À cinquante mètres. Avec la messe tous les jours. Ça ne l'intéresse pas ? À cause de l'église ? C'est vrai ?

Elle laisse un message pour le deuxième, plus excentré, pas loin de l'hôpital. On la rappelle au début de l'après-midi. Une voix d'homme jeune, claire, chaleureuse. Oui, elle peut venir le visiter, si elle veut. Demain matin, par exemple. Aujourd'hui plutôt ? Maintenant ? Tout de suite ? Disons dans une heure alors, voire une heure et demie, parce qu'il n'habite pas à côté et qu'il est en train de faire quelque chose. Est-ce qu'elle va savoir trouver l'adresse ? Il l'attendra devant la porte. Il s'appelle Marko.

Elle arrive en avance. Elle a tout le temps de regarder autour d'elle, la courbe de la longue rue Trubar avec ses vieilles maisons basses, ses restaurants exotiques, ses murs tagués... Une grande usine de cycles désaffectée qui s'appelle Rog, ses ouvertures béantes, ses graffitis rose et fuchsia sur la façade. Une villa avec une tourelle à côté, celle des premiers propriétaires de l'usine certainement, cachée dans la verdure du parc. Un long mur, peint en vert, calligraphié d'un texte d'un bout à l'autre.

On dirait un quartier de Berlin, sans grâce, tranquille, tranchant avec le côté baroque du centre-ville. Il n'y a pas grand monde dehors, quelques cyclistes et piétons dont certains portent un masque. Elle en a un dans son sac, en tissu bleu avec un fil en or, fabriqué par Sigrid, qu'elle ne met que quand elle ne peut pas faire autrement, comme si son désarroi l'immunisait contre le virus.

Il fait étonnamment chaud. Le ciel change tout le temps, se voilant et se dévoilant comme par jeu. C'est le mois d'avril, le mois le plus cruel de l'année. Et elle ne va pas sortir son téléphone, parce que ce sera encore pire. Aucun *comme la mer aime le menu gravier de ses profondeurs*, elle sait bien.

Même pas un petit : *comment vas-tu, qu'est-ce que tu fais, est-ce que tu tiens le coup…*

Rien. Comme si elle n'existait plus. Il y a deux semaines, ils se sont promenés ensemble au bois de Vincennes. Et maintenant elle est là, à Ljubljana, assise sur un muret devant un immeuble de quatre étages des années trente, à attendre un certain Marko.

Qu'est-ce qu'il fait, d'ailleurs ?

D'habitude, elle déteste attendre. Mais depuis que sa vie tourne au ralenti ou même ne tourne pas du tout, comme si le temps n'avançait plus, ou bien lentement, très lentement, ça lui est plus ou moins égal : elle peut rester plantée là à contempler les murs tagués de l'usine désaffectée en face, ceux de la villa avec sa tourelle et son parc, et les gros nuages blancs qui passent à toute allure. En plus, elle a trop chaud avec son collant et son pull, on dirait qu'elle ne sait plus comment s'habiller depuis qu'elle est là.

Fatiguée, sans entrain, harassée par ses insomnies et les mêmes pensées qui tournent en boucle, elle regarde droit devant elle, sans bouger. Il y a cette douleur en haut de l'estomac aussi, une boule, une crampe plutôt. Puis la sensation d'arrachement, comme s'il lui manquait quelque chose, une partie de son corps, un avant-bras, une main… Pourtant, si elle baisse le regard, tout est bien là, à sa place, ses deux avant-bras, ses deux mains, croisées sur ses genoux.

— Bonjour ! C'est vous, Nastia ? s'exclame de loin un jeune homme en pull rouge et bleu, en train d'attacher son vélo.

Il s'approche, essoufflé, des gouttes de sueur perlant sur son front. Un grand jeune homme svelte aux cheveux bouclés et au visage ouvert, clair, très slave, slave du Sud, slovène même.

— Je vous ai envoyé un message pour vous dire que je serais en retard.

— Je ne l'ai pas vu.

— Je suis désolé, j'avais un cours. Un cours en ligne.

— Aucun problème. J'ai tout mon temps.

L'appartement se trouve au troisième étage. Il est trop grand pour moi, se dit-elle tout de suite en entrant. Il y a deux chambres, côte à côte : celle avec un grand lit et une armoire ancienne qu'elle a vue en photo, mais aussi une autre, plus petite, donnant sur un balcon. Une vraie cuisine. Une salle de bains avec une vieille baignoire en fonte. Et ce salon, exactement comme sur la photo, avec ce canapé vert, la lampe avec son abat-jour noir, deux fauteuils en bois naturel, un tapis.

— C'est beaucoup trop grand pour moi, s'exclame-t-elle

en se laissant tomber sur le canapé. Qu'est-ce que je vais faire avec deux chambres ?

— Je ne savais pas que vous étiez seule, répond-il.

Lui aussi s'assied, l'air désolé. Elle laisse glisser son regard sur la pièce, grande et lumineuse, donnant sur l'usine désaffectée en face. Ça fait vieux, mais pas de la même façon que chez Dora. Plutôt décati, défraîchi, délaissé, tout en dégageant un charme insolite. Il y a même une bibliothèque, quelques étagères remplies de livres. Et une photo encadrée, posée bien en vue sur l'une d'elles. De loin, on dirait *Le Baiser* de Brancusi, la petite statue funéraire d'un couple enlacé qui se trouve au cimetière du Montparnasse.

Est-ce possible ? Je rêve, c'est ça ? Qu'est-ce qu'une photo d'une tombe à Montparnasse pourrait faire dans un endroit comme celui-ci ? se demande-t-elle.

En tout cas, elle ne va pas louer cet appartement beaucoup trop grand pour elle juste parce que le jeune homme a l'air déçu et qu'il lui semble reconnaître une petite statue mortuaire du cimetière du Montparnasse, si ?

— Écoutez, Marko…, dit-elle au bout d'un moment en se levant.

— Je vois…, marmonne-t-il, se levant, lui aussi. Je suis vraiment désolé.

— Oh non, vous ne voyez pas. Je vais le prendre.

5

Évidemment, Dora ne comprend pas pourquoi elle veut déménager. Pour une fois qu'elles se retrouvent toutes les deux, sans enfants, et qu'elle ne passe pas en coup de vent, comme d'habitude. Pour une fois qu'elles pourraient profiter du temps ensemble, aller marcher à Tivoli, ou dans la vieille ville et même plus loin, se parler et retrouver un peu d'intimité de sœurs. Ce n'est quand même pas à cause de ces malheureuses cloches qu'elle veut partir ? On s'y habitue, elle va voir. Au bout de quelques jours, on ne les entend même plus. Puis elle lui a apporté une boîte de somnifères. C'est contre ses principes, elle ne prescrit jamais de psychotropes, mais voilà, ils sont dans son sac.

Elle a raison, la *sorella.* Ce n'est pas seulement à cause des cloches. On doit pouvoir s'y faire. À Paris, elle habite depuis des années en face d'une école dont elle n'entend même plus la sonnerie et le brouhaha aux heures de récréation. C'est vrai aussi qu'elle ne prenait jamais vraiment le temps pour sa sœur quand elle venait à Ljubljana, préférant la compagnie de Zarja, sa douce folie, son rire en cascade, sa générosité, son goût de la fête… Ou flâner en ville avec François, aller dîner en tête à tête avec lui, tranquillement, incognito, comme si elle n'avait plus de famille dans cette ville.

Elle se souvient d'un long week-end en novembre, il y a quelques années, où elle était venue avec lui parce qu'elle voulait lui montrer une rétrospective d'un photographe slovène, Stojan Kerbler, ancien ingénieur dans une usine d'aluminium, qui avait photographié des gens modestes d'une région reculée de Slovénie dans les années soixante-dix. Ils avaient passé une matinée inoubliable dans le musée d'Art moderne presque désert, seuls avec ses paysans, ses ouvriers, ses enfants, beaucoup d'enfants dont un gamin, mal habillé, le regard buté, cueillant des marguerites dans un champ de blé. Ou une fillette, descendant un chemin avec trois cochons... Ou une adolescente endimanchée à la sortie de la messe, la seule dans un groupe de femmes qui n'a pas de fichu blanc sur la tête, tournant vers nous son beau visage aux mille taches de rousseur... Il faut les voir, ces photos, il y a quelque chose qui vous saisit dans ces regards, qui vous transporte, la vie dans ce qu'elle a de plus nu et d'essentiel, comme si l'un n'allait pas sans l'autre et que l'art, l'art avec un grand A, ne pouvait être que ça, ce regard d'un être humain sur d'autres êtres humains et sur le monde qui les entoure.

Ils avaient flâné dans l'allée principale du parc Tivoli, le long de la rangée de lampadaires de Plečnik, bordée de grands châtaigniers. Les dernières feuilles mortes volaient dans les airs, il y en avait partout. Puis ils s'étaient couchés dans l'herbe sous le grand ginkgo pas loin de l'Opéra, tapissée de feuilles dorées : c'est là qu'ils avaient pris leur plus belle photo, deux visages côte à côte, souriants et confiants dans leur lit de feuilles d'or. Elle se disait tout le temps qu'elle devrait appeler la *sorella* pour lui dire qu'elle était là et qu'elle passerait prendre un thé avec elle. Et puis ils étaient revenus chez Zarja qui leur avait prêté son appartement, ils avaient mangé, fait une sieste et quelques courses, et tout d'un coup, c'était le soir. Et le lendemain, elle n'avait pas appelé non plus, pour ne pas s'entendre dire qu'elle téléphonait toujours au dernier moment, ce qui n'était pas faux.

Si elle veut déménager, c'est pour avoir un endroit à elle, ne devoir rien à personne, faire ce qu'elle veut. Elle n'a jamais vécu toute seule à Ljubljana, étant passée directement de l'appartement de ses parents à celui d'Étienne. Puis cet appartement de Marko, dépouillé, presque vide, résonne étrangement avec le sentiment d'abandon et de désolation qui s'est emparé d'elle. De déréliction, pour le dire en un seul mot, plus recherché. C'est ce qu'elle a pensé quand elle était assise en face de lui et qu'elle observait la photo du *Baiser* de Brancusi derrière son dos.

Ce qui ne veut pas dire qu'elle ne viendra pas la voir, la *sorella*. Au contraire, elle aura tout son temps pour passer chez elle, parler et l'écouter jouer du piano. Quand Dora se met au piano, elle ne peut pas s'empêcher de l'admirer.

6

Elle s'est installée dans l'appartement de Marko le lendemain. En fait, c'est l'appartement de sa mère qui y a vécu jusqu'à sa mort. Une ethnologue, une femme étonnante qui a élevé seule ses deux enfants, ce qui ne l'a pas empêchée de voyager, de parcourir le monde, seule ou bien avec quelqu'un qu'elle avait rencontré en voyage justement et dont elle était restée très proche. Avec sa sœur, ils ne veulent pas s'en séparer tout de suite, il y a encore trop de souvenirs dedans. Les deux fauteuils Rex en bois, la table basse, le vieux canapé, ce tapis... ils étaient à elle. Les livres aussi, bien sûr, une petite partie de ses livres. Et puis la vaisselle, toutes ses tasses, ses théières, elle aimait beaucoup ça, sa mère... Alors ils le louent, ce qui les aide financièrement, lui surtout qui est encore étudiant. Sauf que, depuis un an, plus grand monde ne vient à Ljubljana. Si, il y a eu une jeune femme sud-coréenne qui est restée trois semaines, bloquée en Europe pendant le premier confinement. Puis un professeur à la retraite de Trieste qui aime venir ici de temps en temps, pour changer d'air. Et c'est tout.

C'est ce qu'il lui a raconté quand elle est arrivée et qu'elle a déposé sa valise dans la chambre.

Ça sentait le propre : il avait passé l'aspirateur, lavé les vitres, aéré et acheté un bouquet de tulipes blanches qu'il avait posé sur la petite table ronde du salon. Il lui a montré deux, trois choses dans la cuisine, la cafetière à piston, les couverts dans le premier tiroir, les trois casseroles dans celui du bas, l'égouttoir à salade à côté de l'évier, les torchons… il ne sait plus où sont les torchons, mais elle va les trouver. En principe, il y a tout ce qu'il faut, sinon elle l'appelle, elle a son numéro. Ou bien elle sonne chez la voisine, Mme Grm, qui connaît bien l'appartement, elle était très amie avec sa mère. Quant au frigidaire, il est vieux, mais il marche encore très bien. S'il fait du bruit, il faut juste lui donner un grand coup, dit-il quand ils reviennent au salon.

— Je crois que j'ai tout compris. Surtout donner une tape au frigidaire…

Ils sourient tous les deux. Ils sont assis à la même place que la première fois, elle sur le canapé devant la petite table ronde et lui dans le fauteuil Rex en face.

— Je vous ai acheté du café, du pain et du beurre. Le temps de vous repérer dans le quartier.

— Merci.

— Si vous voulez du bon pain frais, il y a une boulangerie au marché couvert. La meilleure de la ville. Pour moi en tout cas. Ce n'est pas très loin d'ici, un quart d'heure, pas plus.

— Je sais. Je prends la rue Trubar dans l'autre sens, je descends vers le pont des Dragons. Ou bien je passe le long de la rivière et je continue tout droit…

— Pas besoin de vous donner un plan de la ville alors !

— Non, ça va, je vais me débrouiller.

— Vous n'êtes pas une touriste, je vois…

— Je suis née ici. Mais je ne vis plus à Ljubljana depuis longtemps. Elle a bien changé ces dernières années. J'ai du mal à la reconnaître.

— Vous vivez où ?

— À Paris.

— À Paris ? répète-t-il comme si ça le faisait rêver.

Ils se taisent un moment, s'observant l'un l'autre ouvertement, sans gêne. Il doit avoir le même âge que Selma, ou quelques années de plus, vingt-six, vingt-sept ans, mais pas plus. Il porte le même pull rouge et a toujours ce quelque chose de franc et d'ouvert sur le visage qui lui a plu quand elle l'a vu la première fois.

— Qu'est-ce que vous allez faire toute seule ici ? demande-t-il au bout d'un moment de silence. Vous avez vu que tout était fermé.

— Je ne sais pas encore… Mais je trouverai bien, ne vous inquiétez pas, répond-elle avec légèreté.

Quand il s'en va, lui redisant qu'elle peut l'appeler si elle a besoin de quoi que ce soit, et lui souhaitant une bonne journée, elle revient au salon.

C'est vrai, qu'est-ce que je vais faire ici ? songe-t-elle soudain avec moins de légèreté, et jette un regard autour d'elle, sentant de nouveau la douleur en haut de l'estomac.

Le deuil ? Est-ce qu'il faudrait que je fasse le deuil ? se demande-t-elle en s'approchant de la photo du couple enlacé dans le beau cadre doré. On dirait vraiment la petite statue funéraire, celle qui veille sur la tombe d'une jeune exilée russe au cimetière du Montparnasse.

Mais oui, c'est ça. C'est la photo du *Baiser* de Brancusi, un bloc de pierre représentant deux êtres si étroitement enlacés qu'on en dirait un seul.

Mais François n'est pas mort. Il lui a peut-être même envoyé un texto. Non pas son *comme la mer aime le menu gravier de ses profondeurs* qui n'a plus de sens, mais un petit *comment vas-tu, où es-tu, qu'est-ce que tu fais, Nasti ?* pense-t-elle en allant chercher son téléphone. Ou bien un message vocal, très court, comme il en avait l'habitude, quelques mots taquins, juste pour lui faire entendre sa voix.

Non, il n'y a rien. Juste un message de Sigrid lui demandant de l'appeler dès qu'elle peut.

C'est ce que je vais faire, se dit-elle soudain avec un semblant d'entrain. Je vais me préparer un café, le premier dans cet appartement, et je vais téléphoner à Sigrid.

7

Sigrid est la seule personne à qui elle peut confier la galerie les yeux fermés. Une jeune femme moitié norvégienne moitié française, linguiste de formation, qui a longtemps hésité entre la linguistique comparative et son amour de l'art contemporain, parlant couramment quatre langues. Délurée, drôle, mordante, rapide, avec beaucoup d'esprit, d'humour et une sensibilité qui ne ressemble pas vraiment à la sienne. Quand elle était venue lui demander un stage, elle n'avait pas tout à fait l'allure d'une stagiaire effacée voire invisible avec ses cheveux teints en un bleu tirant sur le mauve, sa chemise en dentelle noire, son pantalon à pois, sans parler de son piercing au nez et des trois autres à l'oreille. Elle se souvient d'avoir hésité, pensant à la tête d'Olga Ruiz quand elle la rencontrerait. Si vous attendez de moi que j'enlève une boucle ou deux de mon oreille, c'est… Non, non, ça va très bien comme ça, l'avait-elle coupée, elle s'en souvient bien. Si vous voulez, vous pouvez commencer dès la semaine prochaine.

À vrai dire, elles se comprenaient à demi-mot. Elles avaient la même aversion pour tout ce qui avait un relent de vanité. La même admiration pour Manet et sa liberté moderne, tout comme pour Munch, sa façon de chercher l'émotion, d'y aller franchement, sans s'encombrer de la perfection. Elles aimaient la photo toutes les deux, mais pas les mêmes photographes. En fait, elles se complétaient, même si elles n'étaient pas toujours d'accord et pouvaient discuter âprement. Federico Albi, le photographe, c'est Sigrid qui l'avait fait venir. Hanna Levick, la dessinatrice de génie, pareil. Et le nid géant, *The Nest to Rest*, œuvre d'une artiste suisse, composée d'épaisses branches de glycine formant un nid, elle ne l'aurait certainement pas pris sans elle : trop encombrant, trop Arte povera, trop éloigné de leur ligne éditoriale. Ce qui veut dire aussi qu'elle n'aurait pas rencontré François.

D'ailleurs, c'est Sigrid qui le lui avait présenté, si on peut dire.

Il y a un drôle de type planté depuis un certain temps devant notre *Nest*. Je crois qu'il s'est trompé d'adresse, lui avait-elle dit un après-midi de novembre. Elle était allée voir dans la première pièce, où était exposé leur *Nest*, comme l'appelait Sigrid, qui ne se colorait plus les cheveux en bleu depuis un moment, mais avait toujours un petit diamant dans le nez et trois petits anneaux à l'oreille gauche. Il était effectivement en arrêt devant l'œuvre, se demandant sans doute ce que ce tas de branches savamment tressées faisait dans la vitrine d'une galerie d'art. Un homme en costume-cravate, une cravate trop serrée, qui lui donnait un air peu assuré pour ne pas dire emprunté.

Est-ce que je peux vous être utile à quelque chose ? a-t-elle demandé. Non, non, merci. Vous passez là par hasard ? J'ai un rendez-vous dans le quartier, je suis en avance… Et je ne comprends rien à l'art contemporain, a-t-il ajouté plus bas comme s'il s'excusait. Il n'y a rien à comprendre. Il faut juste se laisser aller… Venez, mettez-vous à côté de moi. C'est fait pour ça, a-t-elle dit en s'allongeant dans le creux du nid.

On pouvait effectivement s'y coucher, seul ou à deux, fermer les yeux et s'imaginer perché dans les arbres, surtout que le fait de s'y allonger enclenchait une bande sonore où les bruits du vent, de l'eau qui goutte après la pluie et des craquements de branches se mêlaient à quelques notes de musique.

Embarrassé par sa proposition, ne sachant pas comment dire non, époustouflé même, il avait fini par s'asseoir, puis s'allonger à côté d'elle. Il n'était pas vraiment à l'aise, loin de là, fixant le plafond, n'osant pas se tourner vers elle, même s'ils se touchaient presque, leurs têtes étaient à quelques centimètres l'une de l'autre, puis il avait enfin roulé vers elle son visage, ses grands yeux bleus, sa belle bouche austère.

C'était plutôt drôle, incongru, troublant, émouvant même. Intime aussi, c'est ça, ils avaient été intimes tout de suite. Il faut que j'y aille, avait-il dit au bout d'un moment comme s'il ne pouvait pas rester un seul instant de plus couché à côté d'elle. Je m'appelle François. Moi, c'est Nastia. Si vous voulez venir à nos vernissages, vous pouvez nous laisser votre adresse électronique dans le livre à l'entrée, avait-elle dit avant de prendre congé de lui, persuadée qu'il ne remettrait plus jamais les pieds dans sa galerie.

La fois suivante – parce qu'il y avait donc eu une suite à leur drôle de rencontre –, lors du vernissage des grandes toiles de Monique Tello, c'était encore Sigrid qui était venue lui dire tout bas, comme si c'était un secret : Il est encore là. Qui ? Le type du *Nest.*

Occupée avec ses invités, elle avait tout de même pris une coupe de champagne et s'était approchée de lui. Il était donc revenu. Il portait le même costume bleu nuit, sans cravate cette fois, et une chemise bleue. Plutôt bel homme, élancé, le visage déjà marqué, les premiers cheveux blancs, ce qui le rendait séduisant à ses yeux. Nous avons le même âge, avait-elle pensé en lui tendant la coupe de champagne. D'ailleurs, c'était certainement tout ce qu'ils avaient en commun, à première vue du moins. Et cela aussi le rendait séduisant à ses yeux, le fait qu'il ne lui ressemble pas. En tout cas, il était là pour elle, ça se voyait, et semblait plutôt heureux de la revoir.

Votre nouvel admirateur, avait relevé Sigrid quand elle était revenue auprès de ses invités. Je ne dirais pas ça, avait-elle rectifié. Vous diriez quoi ? Je ne sais pas encore.

Ce qui était vrai. Elle sentait bien qu'il allait se passer quelque chose entre eux, sans pouvoir imaginer quoi ni comment. De toute façon, elle n'était pas pressée. Elle avait tout son temps. Ses filles étaient grandes et commençaient à vivre leur vie. Étienne, de son côté, la vivait depuis un certain temps déjà, donnant des semestres entiers de cours dans des universités à l'étranger, à Oxford ou à Montréal. Quant à sa galerie – enfin celle d'Olga Ruiz, qui lui laissait carte blanche –, elle marchait plutôt bien, surtout depuis l'arrivée de Sigrid, qui avait apporté un souffle nouveau et la déchargeait de tout ce qu'elle rechignait à faire. C'était un moment où – pour parler comme le Yi King – elle se sentait souple, disponible et malléable : un mouvement fluide pénétrait le monde, le vent vagabondait au-dessus des eaux.

Quand deux semaines plus tard il était revenu à la galerie et l'avait invitée à boire un verre dans un café du quartier, puis à dîner au restaurant, elle s'était dit de nouveau qu'elle aimait bien son côté discret, réservé, tremblant – il y avait quelque chose de tremblant en lui –, qu'ils avaient tout leur temps et qu'ils n'étaient pas pressés. D'ailleurs, ils ont mis longtemps à coucher ensemble et à se sentir à l'aise l'un avec l'autre, enfin, lui a mis un certain temps avant de pouvoir lui faire l'amour et se sentir bien avec elle. Timoré, pas très sûr de lui, l'air de vouloir garder le contrôle de peur de trop se dévoiler, il ne savait pas très bien comment s'y prendre avec cette femme si différente de lui, qui lui plaisait pourtant, ça se voyait.

Elle observait tout ça avec une sorte de curiosité émue, comme un bourgeon qui finira bien par éclore un jour. Alors quand il s'était mis à venir plus régulièrement à la galerie, pour des vernissages ou pour la prendre le soir, s'attardant dans la première pièce, n'osant pas aller la chercher dans son bureau au fond de la galerie, Sigrid venait l'annoncer, son demi-sourire aux lèvres : Il est là, votre amoureux.

Si Sigrid est une des rares personnes à qui elle pourrait dire qu'elle vient de louer un appartement dans sa ville natale sans savoir ce qu'elle va faire de toutes ces journées devant elle, c'est aussi celle qui pourrait lui demander pourquoi elle n'est pas avec cet homme qui est devenu avec le temps son être le plus proche, le plus complice. Celui avec qui elle se sentait – malgré leurs différences ou peut-être à cause d'elles justement – étonnamment à l'aise, à qui elle faisait confiance, certainement plus qu'il ne se faisait confiance lui-même. Celui à qui elle pouvait raconter tout ce qui lui passait par la tête, un souvenir avec son père quand elle était petite et sa préférée, un contraste de lumière qui la ravissait, le vide au-delà du vide dont parlait le shivaïsme du Cachemire, une envie de s'acheter une vraie paire de chaussures et non des baskets, ses questionnements sur la galerie qui devrait être un lieu de courage, courage esthétique et politique, c'est-à-dire un engagement au monde, l'angoisse qui la saisissait si à trois heures du matin elle ne dormait toujours pas… La première personne à qui elle disait bonjour le matin et la dernière à qui elle souhaitait une bonne nuit.

Est-ce qu'elle veut parler de lui ? Lui raconter ce qui s'est passé, même si ça tient en trois petites phrases d'une banalité écœurante ?

Non, elle ne peut pas.

Elle ne peut pas parler tout court.

De toute façon, ça ne doit pas être très urgent. Rien n'est urgent en ce moment. Tout est assourdi, comme anesthésié par cette douleur qui s'est installée en elle depuis bientôt deux semaines et dont elle ne sait que faire.

8

Il faudra tout de même que j'organise ma vie ici. C'est ce qu'elle se dit le lendemain matin, encore surprise d'avoir dormi sans être réveillée au milieu de la nuit par une soudaine vague de douleur, ou tirée du sommeil à la première heure par des cloches voisines. Certes, elle a pris le somnifère de Dora. Mais avant aussi, elle prenait des somnifères. Elle se massait rituellement les trois points d'acupuncture sur le front, buvait du lait chaud avec du miel avant d'aller au lit, tout aussi rituellement – et elle pourrait continuer sa liste d'insomniaque patentée –, et se réveillait malgré tout au bout de quatre heures sans pouvoir refermer l'œil avant le petit matin.

En tout cas, j'ai bien fait de louer cet appartement, pense-t-elle en ouvrant la fenêtre qui donne sur l'immeuble voisin et sur un parking.

La chambre est parfaite : un bon lit, un oreiller juste comme il faut, ni trop dur ni trop mou, une armoire ancienne en cerisier qui sent la naphtaline. Et silencieuse par-dessus le marché, sans aucun soupçon de cloches aux alentours. La salle de bains, pareil, simple et généreuse avec sa grande baignoire en fonte, entièrement carrelée en jaune. La cuisine est jaune aussi, jaune pâle, avec une rangée de placards muraux des années soixante-dix, ce qui lui donne un petit côté scandinave. Même le vieux frigo a son charme. Et si on pousse la table vers la fenêtre en enlevant la plante verte qui ne se porte pas très bien, on peut dégager un peu plus d'espace et la rendre encore plus conviviale.

Tandis que le salon – elle s'appuie au chambranle de la porte –, inondé de la lumière pâle du petit matin, sera tout à fait à son goût quand elle aura déplacé les meubles. Finalement, elle a toujours besoin d'arranger les choses à sa façon. Elle va pousser le canapé au milieu de la pièce et le tourner vers la fenêtre. Poser la lampe sur pied à côté. La table basse et les deux fauteuils Rex en bois nu, du design slovène des années cinquante, les mêmes que chez ses parents, vont aller près de la bibliothèque. Seul le tapis va rester où il est, au milieu de la pièce, devant le canapé.

Voilà, c'est bien mieux comme ça, beaucoup mieux, surtout qu'elle va pouvoir s'asseoir par terre, le dos contre le canapé.

À Paris, il lui arrive parfois de pique-niquer sur le tapis, de se préparer un sandwich au fromage et aux tomates, et de regarder le soleil du soir dorer les platanes du Faubourg Saint-Antoine. François aussi aimait s'asseoir par terre pour boire un verre et fumer une cigarette quand il venait dormir chez elle, une ou deux fois par semaine. Et quand ses filles étaient petites, c'était carrément la fête. Pique-niquer sur le tapis voulait dire prendre une vieille nappe qu'on étalait par terre et improviser un repas froid avec ce qu'on avait dans le frigidaire, chacun à sa guise et à volonté. Alors Selma, la grande, en profitait pour se goinfrer de fromage et de jambon, et Ninon, qui ne voulait jamais manger comme tout le monde, de glace à la vanille. Après avoir fini et rangé la nappe, elles jouaient aux cartes ou à *človek ne jezi se*, un jeu slovène qu'elles aimaient bien toutes les trois.

Mais ses filles sont adultes depuis longtemps et ça ne leur dit plus rien du tout de venir pique-niquer avec leur mère sur le tapis. D'ailleurs elles ne la voient pas souvent. Selma passe parfois pour prendre quelque chose dans sa chambre et lui lancer une pique ou deux au passage, elle ne peut pas s'en empêcher, il y a toujours quelque chose qu'elle ne fait pas bien à ses yeux, c'est comme ça. Selma, sa grande, sa jolie, sa *veverica* – son écureuil – comme elle l'appelait quand elle était petite, celle qui voulait toujours dormir avec elle quand Étienne n'était pas là, et préférait passer ses mercredis après-midi à la galerie plutôt que d'aller jouer avec ses copines. Qu'est-ce qu'elle a fait pour mériter ses piques, son regard froid, ses cadeaux insignifiants à Noël destinés à lui signifier justement qu'elle ne mérite pas plus ? Qu'elle ne correspond plus à l'idée de la mère qu'elle se faisait d'elle, entièrement dévouée à ses filles, sans autre priorité dans la vie ? Ou qu'elle tout simplement ne l'aime plus comme avant parce qu'on n'est pas obligé d'aimer ses parents, c'est ça ? Et Nino – elle aussi l'appelle Nino – qui ne donne plus de nouvelles depuis deux ans, vivant avec des amis dans un petit village à côté d'Avignon. Nino, l'autre *veverica*, la petite, plus sauvage, plus obstinée, plus originale, moins sage et disciplinée que sa sœur. Douée pour tout, mais n'aimant pas l'école, ne voulant plus entendre parler de quelconques études après son bac, trouvant des petits emplois à droite et à gauche, expliquant à tout le monde, à son père surtout, qu'on apprend bien plus à une caisse de supermarché qu'à la fac. Voulant couper tous les ponts avec ses parents pour ne subir aucun droit de regard, se sentir libre de toute entrave et vivre sa vie qui semble pourtant l'angoisser, c'est ça ?

Tandis qu'Étienne habite chez sa nouvelle amie – une vieille copine en fait, qu'il présente comme sa nouvelle amie – dans la banlieue au sud de Paris.

Elle est donc là, loin de tous, seule dans sa ville natale, en train de penser à sa nouvelle vie et n'ayant aucune idée, aucune, de ce à quoi elle peut ressembler.

9

Et le lendemain, c'est plus ou moins pareil. En ouvrant les yeux, elle contemple longuement la chambre, ses murs turquoise, l'épais rideau en velours qui laisse tout de même deviner le jour. Elle la trouve moins silencieuse que la veille, mais toujours agréable, malgré la proximité de l'immeuble à côté, et le parking juste en dessous. En tout cas, plus agréable que la chambre voisine, donnant pourtant sur un petit balcon, avec ses murs gris-vert, un rideau blanc en lin et une table qui prend trop de place, se dit-elle en allant chercher un verre d'eau chaude dans la cuisine et s'asseyant un moment sur le canapé.

Elle a bien fait de disposer les meubles autrement. Ça change tout, le canapé au milieu de la pièce, face à la fenêtre, et ce tapis posé devant où l'on peut s'asseoir si on veut. La lampe à côté pour pouvoir lire. Et la plante de la cuisine, un citronnier moribond, sera bien mieux ici où il y a beaucoup plus de lumière.

De nouveau, elle repense à son appartement parisien, au dernier étage d'un vieil immeuble sur le Faubourg Saint-Antoine, avec une vue sur des platanes, les toits en zinc et le Sacré-Cœur au loin. Et de nouveau, elle se demande ce qu'elle fait ici, en face de cette vieille usine en béton armé, ses ouvertures béantes, ses graffitis – en fait, à regarder bien, ce ne sont pas des graffitis, mais une sculpture en fil de fer, accrochée à la façade, représentant un revolver – et ses tas de vieille ferraille et de gravats, elle, la Parisienne, comme dit la *sorella*.

Et pour une fois, elle n'a pas tort. Paris est toujours sa ville même si elle a beaucoup changé depuis qu'elle s'y est installée avec Étienne, devenant de plus en plus une ville pour les riches et les touristes. Mais elle aime toujours autant le spectacle du ciel à la tombée du jour, incendié par le couchant derrière Bastille, et les fenêtres des immeubles au loin qui s'allument comme des projecteurs au moment où la boule rouge du soleil glisse derrière l'horizon. Elle aime la courbe du faubourg Saint-Antoine avec l'or du Génie de la Bastille, la rue de la galerie OR, ses anciens ateliers d'ameublement, sa librairie préférée en face de l'hôpital, le parc avec l'église coréenne à l'entrée, puis le marché d'Aligre dont elle connaît tous les étals et tous les vendeurs. Elle peut rester assise sans bouger à la fenêtre de son café habituel du Faubourg et observer le flot incessant des visages dans la rue, les vieilles jumelles qui habitent le quartier et passent par là tous les jours, Mady et Monette, habillées pareil jusqu'à l'obsession, les mêmes chaussures, le même petit sac à main, la même poche en plastique Monoprix… Et elle ne se lasse jamais de prendre la rue de Rivoli à vélo, de longer la Samaritaine, le Louvre, les Tuileries, et de continuer jusqu'à la Concorde, surtout à la tombée du jour, quand les lampadaires s'allument et que la place devient une galaxie, puis de descendre sur les quais pour revenir chez elle, passer sous le Pont-Neuf et sentir quelque chose s'élargir dans sa poitrine. Et puis elle peut toujours faire un saut au musée d'Orsay pour aller voir un Manet, sa *Berthe Morisot au bouquet de violettes*, ou son *Citron*, ou même *L'asperge* – une petite huile sur toile, signée d'un simple M, envoyée en cadeau au commanditaire de la *Botte d'asperges* qui avait payé une somme trop élevée pour son tableau –, un Vélasquez au Louvre, puis en sortant aller s'asseoir aux Tuileries et contempler le monde autour d'elle comme si elle était au cinéma.

Qu'est-ce qui lui a pris de venir ici ? Si elle voulait quitter Paris à tout prix, elle aurait pu aller à Trieste, la ville de Federico Albi. Elle y a pensé d'ailleurs, c'était même sa première idée : prendre un des deux vols quotidiens pour Venise, continuer en train jusqu'au terminus et louer un appartement sur les hauteurs de la ville, très bon marché en ce moment, rue Tigor par exemple, dans une de ses maisons *liberty* qu'elle connaît bien, avec vue sur le large, le port et les gros cargos qui attendent au loin pour être déchargés. Ou à Rotterdam, un autre port qu'elle aime bien, avec son architecture osée, son art contemporain et sa population mixte. Ou même à Bordeaux, pourquoi pas, ou à Lille.

Pourquoi Ljubljana ? Pourquoi cette petite ville endormie, devenue la capitale d'un pays indépendant il y a juste trente ans, dont on peut faire le tour en une heure, une heure et demie, sans se presser, et dont le nom, à une lettre près, pourrait se traduire par « bien-aimée » ?

Parce qu'elle y est née ? Parce que pendant longtemps, c'était son chez-moi, le lieu où tout lui était connu et familier, son endroit à elle sur terre ? Parce qu'elle y a fait les quatre cents coups avec Zarja ? Parce qu'elle y avait son banc, un banc public à elle, pour prendre un peu de hauteur, réfléchir et être splendidement seule ? Parce qu'elle a quelque chose à vivre dans ce pays d'où elle vient, qui lui a donné le sens de l'égalité et de l'audace et qu'elle ne connaît plus, le changement de système et la course au profit n'y sont pas pour rien ? Parce que Plečnik ?

Ou simplement parce que loin de tout le monde et surtout de celui qui l'a quittée lâchement, d'un jour à l'autre, comme on quitte une chemise qu'on a trop portée ?

Ou bien parce que le ciel – elle se lève pour s'approcher un peu plus de la fenêtre – y est plus bas qu'ailleurs, aujourd'hui en tout cas, il ne pourrait pas être plus bas et plus indifférent ?

C'est au milieu de ces questions que son téléphone se met à sonner. Et ce n'est pas François, bien sûr que non, ce n'est pas la peine d'attendre un appel de sa part, tête dure, mais Marko. Il ne veut pas la déranger, il appelle juste pour savoir si elle a besoin de quelque chose et si tout va bien.

— Oui, ça va… Sauf qu'il est trop grand pour moi, cet appartement.

— C'est vrai ? Toujours ?

— Toujours.

10

Puis il se met à neiger. Elle s'en aperçoit quand elle revient de la salle de bains. Tout commence à blanchir comme par miracle : l'usine Rog, le parc de la villa à côté, la rue Trubar, les toits des vieilles maisons plus loin… Il neige à gros flocons.

Sneg, s'exclame-t-elle comme si ce mot vibrait à un autre endroit de son corps qu'en français. *Sneg* en plein mois d'avril. *Sneg* exprès pour elle, pour qu'elle s'habille chaudement et qu'elle sorte. Car s'il y a une chose qui l'émerveille, la rend nostalgique et lui fait penser à l'enfance – la blancheur à perte de vue, le bruit des pas assourdis, son père qui l'emmène faire de la luge sur une colline toute proche – c'est bien la neige.

La voilà en train de marcher dans la rue, ses deux pulls l'un sur l'autre sous son imper, sa longue jupe tzigane comme elle l'appelle, parce que rouge et vert, les chaussettes en laine dans ses tennis, son écharpe sur la tête. Un drôle d'accoutrement, elle sait bien, mais peu importe. De toute façon, à part Martin, un camarade de lycée devenu un dentiste renommé qu'elle rencontre de temps en temps, par hasard, ce qui arrive souvent à Ljubljana et rarement voire jamais à Paris, et Zarja, elle ne connaît plus grand monde ici. D'ailleurs elle devrait l'appeler quand elle sera sous son balcon place de la Révolution française. Oui, c'est ce qu'elle va faire : elle va aller voir son banc à quelques pas de là et appeler Zarja pour lui dire qu'elle est à Ljubljana et qu'il neige.

Mais pour le moment, elle veut juste continuer à marcher dans cette blancheur mouvante et observer les traces toutes fraîches de ses pas. C'est ce qui lui manque le plus à Paris : la neige. Cette neige-là qui fonce sur elle en traversant les airs, recouvrant doucement tout ce qu'elle voit autour d'elle, les toits, les trottoirs, les bancs publics…

Elle se dépêche pour ne pas avoir froid. La rue Trubar avec son université Sigmund-Freud, un long bâtiment bas avec sa façade réfléchissante, ses petits restaurants orientaux, tous fermés, ses cafés et ses brocantes, fermés aussi, ses graffitis et ses pochoirs rouges de bicyclette dont elle ne comprend pas encore la signification, est quasi déserte. Une vieille dame en pelisse avec son chien, un cycliste avec un sac Uber Eats sur son dos, sont les deux seuls êtres qu'elle croise jusqu'au fameux pont des Dragons.

Quand elle traverse la rivière, elle s'arrête un moment sous la halle du marché de Plečnik avec sa double colonnade qui épouse parfaitement la courbe de la rivière.

Est-ce que je suis de nouveau chez moi ? se demande-t-elle, soudain époustouflée par l'apparition de tant de beauté.

Elle sort son téléphone, non pas pour appeler François, même si elle en a envie, envie d'entendre de nouveau sa voix et de lui dire qu'elle est au marché de Ljubljana, sous les colonnes de Plečnik, magnifiques sous la neige et sans âme qui vive, car pendant toutes ces années, c'est à lui qu'elle racontait ses petits faits quotidiens, ses émois, ses coups de cœur et ses émotions esthétiques.

Mais là, tête dure, tu ne vas pas le faire, même si tu en brûles d'envie. Tu ne vas pas vérifier non plus qu'il n'y a aucun *comme la mer aime le menu gravier de ses profondeurs* depuis hier, parce qu'il n'y en a pas et que c'est aussi bien comme ça.

Elle va juste prendre une photo ou deux de toute cette splendeur devant elle, voilà, et essuyer son visage tout mouillé par la neige. Puis elle va continuer son chemin en se dépêchant, se dit-elle, car il ne va pas neiger bien longtemps.

Il y a toujours très peu de monde dehors, des passants comme elle, des silhouettes qui croisent d'autres silhouettes. Et un tas de photos à prendre de cette ville devenue soudain fantomatique, à commencer par le Triple Pont, évidemment – qui ne connaît le Triple Pont ? –, l'endroit le plus emblématique et le plus photographié de la ville avec son église couleur framboise et son bel escalier qui descend sur la place, et la statue de Prešeren, le poète, avec sa muse à la poitrine dénudée au-dessus de lui.

Ou le pont des Cordonniers, plus loin, qu'elle a traversé pendant des années pour aller au lycée, le plus court de tous les ponts de la ville, mais aussi reconnaissable que le premier, quoique bien plus modeste et plus mélancolique, surtout sous cette neige.

Et plus loin encore, en montant vers la Bibliothèque nationale, sa place préférée, la plus photogénique, la plus nette, la plus secrète, tout en pente, dégagée, épurée et silencieuse, avec juste une fontaine à ses pieds.

Et, enfin, la place de la Révolution française, avec son obélisque à la gloire de Napoléon, et son allée méditative qui débute là et va jusqu'à l'université et la place du Congrès avec son parc de platanes. La double allée, celle au niveau de la chaussée, le long des bustes des hommes célèbres – en oubliant les femmes, bien sûr – devant l'Académie de musique, puis celle sur le terre-plein devant la bibliothèque.

C'est là, sur ce terre-plein, sous les trois bouleaux, que se trouve son banc, le troisième de la série de six, celui où elle venait s'asseoir quand elle avait besoin de mettre un peu d'ordre dans ses pensées, ou juste d'être seule et d'observer ce qui se passait en dessous.

Mais ce matin, elle ne va pas monter là-haut. Elle va juste le prendre en photo : son vieux banc à elle, couvert d'une fine couche de neige.

Elle ne va pas appeler Zarja non plus. Car elle veut se dépêcher, traverser Zvezda, le parc des platanes centenaires plantés en étoile, pour rejoindre l'artère principale de la ville, l'ex-rue Tito, la fière, la toute droite Rue slovène comme on l'appelle depuis l'indépendance, avec son Théâtre national, la poste, la banque centrale, l'hôtel Slon, et Nebotičnik, le premier gratte-ciel du pays, de loin le plus beau.

Quand elle arrive sur l'immense place de la République, exemple parfait de l'architecture moderniste des années soixante-dix, il ne neige presque plus. Juste quelques flocons égarés qui tourbillonnent dans les airs avant de s'évanouir sur le sol. Elle ne sait jamais quoi penser de cette vaste esplanade minérale face au Parlement, bordée par deux tours vaguement futuristes, une banque et un grand magasin d'un côté, et plusieurs monuments de l'époque socialiste de l'autre, qu'on pourrait d'ailleurs retirer sans regrets, non pour des raisons idéologiques mais esthétiques. Qu'elle est vide et pourrait l'être encore davantage, que c'est son but, d'être vide et disponible, pense-t-elle, comme dans un De Chirico, quand elle découvre une drôle de scène au loin : un homme d'une soixantaine d'années, un micro à la main, en train de lire un texte, entouré d'une vingtaine de personnes dont quelques policiers.

En fait, c'est un poème, se dit-elle au bout d'un moment. Cet homme est en train de lire un poème ! Un poème sur la liberté. Les mots claquent sur l'esplanade. « La liberté n'est pas un substantif dans le dictionnaire… la liberté n'est pas un mot creux de politicien… la liberté n'est pas garantie par l'État… la liberté est un chemin inconnu… la liberté est un verbe. »

C'est l'un de nos meilleurs poètes, lui expliquera plus tard une jeune femme à côté d'elle. Depuis quelque temps, il vient lire ses poèmes devant le Parlement où il y a toujours autant de policiers que de public. Les gens les connaissent, surtout celui qui s'appelle « La liberté est un verbe ». Il est en train de devenir l'une des voix des protestations à vélo. Une voix reconnaissable, une voix qui porte.

11

Quelques jours après son tour de la ville sous la neige et la scène avec le poète devant le Parlement, quand il recommence à faire beau, comme si on avait encore une fois changé de saison, elle a de nouveau un coup de fil de Marko.

— Comment allez-vous, Nastia ? Est-ce que l'appartement est toujours trop grand pour vous ? demande-t-il de sa voix concernée, amicale.

Elle sortait de la salle de bains en songeant à sa sœur. Ou encore mieux : elle pensait au temps qui passe et fait son travail de destruction. Car la *sorella* a raison : elle est en train de prendre un coup de vieux.

Elle a maigri, certes. Elle a des cernes, ce qui n'est pas étonnant avec ses nuits difficiles. Elle ne saute pas de joie non plus. Mais ce creux sur la joue, cette ombre plutôt – on dirait celle de Bacon sur ses autoportraits –, elle ne l'avait pas avant de venir ici. Le matin, quand elle se réveille et qu'elle passe par la salle de bains, elle est déjà là. Dans la journée, elle est là aussi, à la même place que le matin. Et le soir quand elle se brosse les dents et qu'elle jette un coup d'œil à son reflet dans le miroir, c'est encore pire.

Peut-être l'avait-elle déjà avant de venir ici et ne l'avait-elle tout simplement pas remarquée. Dans les yeux de François, elle ne se voyait pas vieillir. Elle notait bien que sa peau était moins élastique, qu'elle avait moins d'éclat et qu'elle se ridait, sur les joues justement, et sur le décolleté. Son corps aussi perdait de sa fermeté, ses bras, ses cuisses, son ventre… Pourtant, même un corps qui vieillit est chaque jour nouveau.

Mais lui de son côté se ridait aussi, il perdait ses cheveux – il n'est pas chauve comme Étienne, mais ça va venir – et il avait des taches, des taches sur les mains et sur le visage, et le ventre bombé même s'il n'était pas épais, loin de là. En fait, il vieillissait bien plus vite qu'elle. Ce n'était plus tout à fait l'homme qui s'était couché à côté d'elle dans le nid géant. Sans parler de ses érections, plus rares et moins triomphantes qu'à leurs débuts où ils passaient leur temps au lit.

Pourtant elle observait tout ça avec tendresse – elle comptait les taches de vieillesse sur ses mains, elle les comptait une à une, affectueusement – comme si les marques du temps sur leurs corps étaient une preuve d'amour qui traverse le temps.

L'amour ? Quel amour ? Celui qui comme la mer aime le menu gravier de ses profondeurs ? Ou bien celui qui s'use et se remplace par une nouveauté et la fraîcheur d'une attirance ?

C'est ce qu'elle se disait en décrochant son téléphone et en entendant la voix de Marko.

— Vous voulez savoir si je me sens seule dans cet appartement et si je tourne en rond, c'est ça ? demande-t-elle.

Le silence qui s'installe n'a rien de désagréable. Elle se

sent bien avec ce jeune homme, en confiance, comme s'ils se connaissaient depuis longtemps. Elle peut lui parler sans détour, lui dire qu'elle se trouve seule, désœuvrée et inutile, inutile plus que désœuvrée, et que le temps ne lui a jamais semblé aussi long. Sans oublier cette ombre qui s'est installée sur sa joue et n'a pas l'air de vouloir partir.

— Non… Enfin, si.

— Vous voyez… j'ai deviné. Ce n'était pas bien difficile, avouez-le, dit-elle en souriant.

— Je voulais vous proposer quelque chose, Nastia. Est-ce que je peux passer vous voir ?

— Passer me voir…, répète-t-elle.

— Passer vous voir avec quelqu'un, précise-t-il.

Il y a de nouveau un silence, plus hésitant et prudent que le premier. Il veut passer la voir avec quelqu'un ? Elle ne lui a rien demandé à ce qu'elle sache.

— Et quand voudriez-vous passer me voir avec quelqu'un ? demande-t-elle avec circonspection, jetant un coup d'œil à sa jupe tzigane sur le canapé, ses chaussettes qu'elle laisse traîner par terre, la tasse de café vide sur le tapis, son ordinateur…

— Maintenant. Tout de suite. Si vous êtes disponible, bien sûr…

12

Quand elle ouvre la porte d'entrée – elle a tout de même eu le temps de ranger, de prendre une douche et de s'habiller – elle découvre un petit barbu en anorak bleu cobalt et chaussures de marche à côté de Marko.

— C'est Tobias, dit-il quand ils entrent.

Tobias ? Je ne connais personne qui s'appelle Tobias, pense-t-elle en se tournant vers lui. Il a une tignasse châtain clair avec une mèche trop longue sur le front, un regard sombre mais pas mélancolique, et une barbe couleur de miel. Quelque chose d'aventureux, un élan, une curiosité, émane de lui. Une vague inquiétude aussi, il lui semble du moins. Il est bien plus jeune qu'elle et n'est pas si petit, n'importe qui de taille normale paraîtrait petit à côté de Marko.

— Entrez, installez-vous, dit-elle au bout d'un moment de silence en faisant un grand geste de la main vers le salon, se sentant pour la première fois chez elle dans cet appartement.

— Oh, c'est bien mieux comme ça, s'exclame Marko quand il découvre la nouvelle disposition de la pièce.

— C'est vrai ?

— C'est plus original. Ça vous ressemble. C'est vous.

Elle sourit.

— Vous voulez que je vous fasse un café ? propose-t-elle en se tournant vers Tobias qui, lui aussi, contemple le nouveau salon.

— Volontiers..., acquiesce Marko.

C'est curieux d'avoir de la visite, se dit-elle quand elle se retrouve dans la cuisine. Ça fait combien de jours qu'elle n'a parlé à personne ? Cinq, six ? Plus ?

Elle ne sait plus, comme si elle avait perdu le sens de la durée.

Pourtant elle n'est pas restée les bras croisés sur le canapé. À part une journée entière passée au lit à fixer le mur devant elle, à se demander ce qu'elle faisait là et comment tout cela avait pu arriver, à elle et à François, enfin, à elle plutôt parce que lui ne doit pas être en train de se morfondre, ni être malheureux, ni regarder le mur devant lui et se dire que, décidément, cette journée ne se terminera jamais. À part cette journée donc, affreuse, triste à mourir, elle s'est efforcée de sortir.

Un matin, elle est même montée au Château, non pas pour la vieille bâtisse, qui n'a aucun intérêt, ni pour la très belle vue sur les toits et les montagnes enneigées au loin, mais pour sentir un peu de vigueur dans son corps. Elle a marché aussi vite qu'elle pouvait, s'écartant un moment du chemin par un petit sentier dans le bois qui mène vers l'autre versant de la colline, là où elle habitait avec ses parents. Soudain, il lui a semblé reconnaître les deux grands hêtres à côté d'un rocher. Essoufflée, elle s'est arrêtée, s'appuyant sur le tronc de l'un d'eux, puis s'est assise par terre, sur l'herbe, devant le rocher. Est-ce ici qu'elle venait avec un jeune homme de dix-sept ans – ils avaient le même âge tous les deux – qui lui plaisait, qui lui plaisait beaucoup, même si aux yeux de tout le monde, ses parents, sa petite sœur, ses camarades de classe, les gens de son immeuble qui la voyaient avec lui, ce n'était pas quelqu'un de fréquentable, parce qu'asocial, sorti du système scolaire, passant ses journées à s'entraîner à l'aviron ? C'est lui qui l'amenait ici, le soir après l'école – ils n'avaient aucun autre endroit où aller –, pour l'embrasser, l'enlacer, passer ses mains expertes partout où il pouvait, se frotter contre elle, avec un mélange de fougue et de délicatesse. Et c'est ici, à l'abri de ce rocher et des hautes frondaisons des hêtres, qu'elle a senti pour la première fois dans sa vie une délicieuse décharge dans tout son corps, à laquelle elle ne savait pas encore donner de nom.

Elle a traversé plusieurs fois le parc de platanes Zvezda. Si le Château la faisait penser à son premier amour, Zvezda éveillait immanquablement le souvenir de son père. Impossible d'y passer sans revoir la même scène sur l'une des deux diagonales du parc.

C'est là qu'elle l'avait rencontré un après-midi d'octobre, il y a longtemps. Traversant le parc, elle l'avait aperçu de loin. Elle avait reconnu sa silhouette et sa façon de marcher quand il était soûl, se tenant légèrement de biais, sa tête surtout qu'il n'arrivait pas à tenir droite et qui dodelinait toute seule. Elle devinait tout de suite quand il avait bu : un seul verre suffisait pour qu'il change du tout au tout, devienne méchant, sarcastique et méprisant, lui qui était plutôt doux et gentil. Méchant et méprisant à la maison, avec les siens, mais pas avec les autres. En fait, il ne supportait pas qu'on le voie dans cet état. Qu'est-ce que tu as à me fixer comme ça, toi ? lui lançait-il. C'est vrai qu'elle le regardait fixement, tandis que sa petite sœur avait peur de lui et s'enfermait dans sa chambre. Elle le regardait pour qu'il se sente coupable, pour qu'il arrête de boire, pour qu'il redevienne comme avant, son papa à elle, celui avec qui elle jouait au jeu de rôles, c'était leur jeu favori pendant longtemps, ils inventaient toutes sortes de personnages et les jouaient avec beaucoup de fantaisie et de sérieux à la fois. Puis un jour, elle a arrêté de lui opposer son regard, elle l'évitait même, attendait qu'il parte au travail pour se lever le matin, ne lui adressant plus la parole.

C'est à cette période où ils ne se parlaient plus qu'elle l'avait aperçu de loin dans le parc Zvezda, au début d'un après-midi d'automne. Il faisait un temps magnifique, froid et venteux. Il venait vers elle, dans son manteau en cuir – il s'était acheté un manteau en cuir pour se donner un air, un air de quelqu'un qu'il n'était pas, un dur, un dominateur, alors qu'il était faible et même soumis – essayant de marcher droit, de ne pas se pencher, de ne pas laisser dodeliner sa tête. Soudain, elle ne savait pas quoi faire. Passer à côté de lui en l'ignorant, en regardant ailleurs, comme elle le faisait à la maison ? Faire demi-tour, déguerpir, vite, avant qu'il ne la reconnaisse à son tour ? Ou bien – et c'était une option aussi, parce que c'était son papa, qu'elle était sa préférée, elle le savait, comme Dora était la préférée de maman, et qu'elle l'aimait malgré tout – l'attendre là où elle était, prendre son bras et l'accompagner à la maison ? Mais elle avait honte de lui et de son manteau en cuir, et ne voulait pas qu'on la voie avec lui dans cet état. Alors elle s'était cachée derrière un platane et avait attendu qu'il passe, qu'il s'éloigne et qu'elle ne le voie plus.

Elle s'est promenée à Tivoli, une vraie forêt qui s'arrête pour ainsi dire au centre-ville, et a déambulé dans les rues aux immeubles Art déco qui n'ont rien à envier à ceux de Vienne ou de Prague, puis d'autres, plus éloignées, plus négligées, quasi désertes, sans aucune animation, seules et abandonnées comme elle.

Il lui est même arrivé un petit incident près de la place Prešeren. Rien de bien grave, à vrai dire. Un jeune homme à vélo, bonnet enfoncé jusqu'aux yeux, zigzaguant entre les passants, l'a heurtée violemment à l'épaule. Choquée, bouleversée même, elle a éclaté en sanglots. Il l'a accompagnée jusqu'au banc au pied de la statue du poète, s'est assis à côté d'elle, confondu en excuses en triturant son bonnet qu'il avait enlevé entre-temps. Oh, laissez-moi, s'il vous plaît, ça va aller, je vous assure... De toute façon, ce n'est pas pour ça que je pleure, a-t-elle fini par marmonner, le visage baigné de larmes.

C'était pathétique, surtout à cet endroit de la ville, sous le regard du poète et de quelques passants en train d'observer la scène. Elle a fermé les yeux. Elle avait envie d'appeler François pour lui dire qu'elle était à Ljubljana, près du Triple Pont et de l'église framboise, sous la statue du poète et de sa muse, et qu'elle n'en pouvait plus, qu'elle se sentait seule et misérable et se demandait combien de jours elle pourrait encore tenir comme ça.

Rien de bien original, d'intéressant ou même d'honorable. Surtout d'honorable, Nasti, tu entends...

— Je ne sais pas si vous prenez du sucre, dit-elle en revenant au salon, un plateau avec trois tasses de café à la main, qu'elle pose sur la petite table ronde devant eux.

— Tobias ne parle pas slovène. Il est belge..., dit Marko.

— Belge ?

Étonnée, incrédule même, elle se tourne d'abord vers Marko, puis vers Tobias, qui vient d'enlever son anorak.

— Oui, acquiesce-t-il. Je vis à Bruxelles.

— C'est pour ça que nous sommes là, dit Marko.

Elle regarde de nouveau Marko, puis Tobias, et croise les bras : elle n'a aucune idée d'où ils veulent en venir.

— Je vais vous expliquer, dit Marko. En fait, je vais vous faire une proposition. Mais écoutez-moi jusqu'au bout avant de me donner une réponse.

Elle hoche vaguement la tête en changeant le croisement de ses bras, tandis que Tobias laisse glisser son regard autour de lui, sur le canapé au milieu de la pièce, le tapis et le bouquet de tulipes à côté.

— Il est déjà venu à Ljubljana, avec son fils, dans ce même appartement. Il m'a appelé, il y a une semaine, pour savoir s'il pouvait le relouer. Je lui ai dit qu'il était pris. Mais quand j'ai parlé avec vous la dernière fois, j'ai pensé que vous pourriez peut-être le partager.

— Le partager ?

— Oui, le partager. Vous m'avez dit qu'il était trop grand pour vous. Trop cher aussi pour une seule personne, je l'admets.

Elle ne dit rien, elle écoute.

— Il peut prendre la petite chambre. Vous restez dans la vôtre, et vous partagez le loyer. De toute façon, il est tout le temps dehors. Il s'intéresse à la Slovénie. À ce qui se passe en ce moment dans le pays. D'ailleurs j'ai pensé que vous pourriez…

— Vous pensez à ma place, Marko ?

— Laissez-moi terminer, s'il vous plaît. Faites un essai,

tous les deux. Trois jours. Si ça ne marche pas, je l'aiderai à trouver autre chose.

— Trois jours ? Vous voulez rester trois jours avec moi, c'est ça ? dit-elle à Tobias.

— Qu'est-ce que vous avez dit ? demande Marko qui ne comprend pas le français.

— Je lui ai demandé s'il voulait rester trois jours avec moi. Parce que je ne crois pas que ça puisse marcher. Je ne suis pas facile, surtout en ce moment.

Ils se regardent tous les trois en silence. Ils se regardent un long moment pendant lequel elle se demande qui parmi eux va rompre le silence. Parce que ce ne sera pas moi, se dit-elle. Non, ce ne sera pas moi.

Puis finalement, si, c'est elle.

— Vous pouvez quand même boire votre café, dit-elle à Tobias. Et vous installer dans votre chambre, si vous voulez.

— Tout de suite ?

— Quand vous reviendrez avec vos bagages.

— Ils sont là.

— Où ?

— Devant la porte, sur le palier.

13

Il faut que je le raconte à quelqu'un, se dit-elle quand elle se retrouve enfin seule. Parce que ce n'est vraiment pas banal. En tout cas, elle ne s'y attendait pas. Elle ne s'attendait pas à ce qu'un barbu dénommé Tobias débarque chez elle un beau matin, avec deux sacs à dos, un grand et un petit, qu'il suspende son anorak à côté de son imper dans l'entrée, laisse ses chaussures à côté des siennes et s'installe dans la petite chambre avec balcon.

Parce que c'est tout de même chez elle, cet appartement, non ? Pour le moment du moins.

— Zarja...

— C'est toi, Nasti ! Où es-tu ?

— Devine !

— Attends un peu, s'il te plaît. Je vais juste voir ce que fait mon père. Puis je m'assieds et je suis à toi.

Depuis le temps qu'elle voulait l'appeler. Zarja, sa chère, la plus chère, l'irremplaçable Zarja. Étudiantes à la même fac, elles s'étaient rencontrées un matin d'hiver dans une boulangerie, qui faisait aussi café, à l'angle de l'ancienne rue Tito. Un endroit toujours bondé, surtout le matin. Tu peux t'asseoir à côté de moi, si tu veux, avait proposé Zarja en la voyant chercher une place avec son café au lait et son roulé aux noix, il faut juste que je range mon bazar.

C'était tout Zarja, la personne la plus généreuse qu'elle connaisse. Une grande fille aux cheveux bouclés, taches de rousseur sur un magnifique nez aquilin et un joli bonnet tricoté main. Elle étudiait la biologie, mais voulait devenir comédienne. La biologie, c'est pour mon père, il veut que je fasse des études avant d'être admise à l'Académie de théâtre et de cinéma. J'ai déjà été recalée deux fois, mais je n'abandonne pas aussi facilement. Alors, en attendant, je tricote, tu vois, avait-elle expliqué de sa belle voix de violoncelle, en rangeant ses pelotes et ses aiguilles dans son sac.

La petite boulangerie à côté de la fac, un endroit socialiste par excellence, ce qui veut dire simple, sans attrait particulier, pratiquant des prix modiques, était devenue leur lieu de rendez-vous matinal. Pour le déjeuner, elles allaient pique-niquer au bord de l'eau, et le soir elles traînaient dans les endroits bohèmes ou flânaient dans les rues désertes de la vieille ville. C'est avec Zarja qu'elle a commencé à boire de l'alcool, à fumer et à sortir au théâtre presque tous les soirs, la plupart du temps sans payer parce que son amie connaissait toujours quelqu'un. Ensemble, elles ont découvert qu'il existait une autre vie que celle sur scène, bien plus secrète et étonnante, au sous-sol de ce même Théâtre national qu'elles fréquentaient aussi assidûment. Car un jour, en passant derrière le bâtiment, une jolie pâtisserie baroque, elles ont remarqué une fenêtre ouverte au ras du sol. La cave certainement, ont-elles pensé, en s'y engouffrant l'une après l'autre, puis découvrant avec enchantement que c'était là qu'on gardait les décors et les accessoires qui ne servaient plus. Et voilà que ce sous-sol est devenu leur endroit à elles, un royaume caché dont elles ne parlaient à personne. Elles y ont aménagé une sorte de salon avec table, canapé, fauteuils, lampes, et même un coin de scène où Zarja pouvait répéter ses rôles, mais aussi donner des lectures, des tours de chant et même une petite représentation avec costume et décors – le monologue de Nora dans *Maison de poupée* –, le tout pour une seule et unique spectatrice.

Puis Zarja avait été refusée à l'Académie pour la troisième fois. Et là, c'était trop pour elle. Il faut que je débarrasse le plancher, on ne veut pas de moi ici, avait-elle déclaré en partant vivre à la campagne chez l'un de ses ex. Alors, d'un jour à l'autre, plus de royaume, plus de bars bohèmes, plus de virées nocturnes. Ljubljana était redevenue ce qu'elle était : une petite ville grise et étriquée au pied d'un vieux château en ruine, traversée par une rivière lente et sale. Et elle détestait rester chez elle, entre un père et une mère qui se faisaient la tête du matin au soir, et une sœur empotée et trop sage qui lui collait aux basques.

C'est l'été du départ de Zarja qu'elle a rencontré Étienne, à la réception de l'hôtel du bord de mer où elle travaillait, sur la minuscule côte slovène. Un gringalet cultivé, bavard et content de soi, qui parlait très bien anglais et descendait en Grèce avec un ami. Je passerai te voir en remontant, lui avait-il dit. Elle ne croyait pas une seule seconde qu'elle le reverrait un jour, d'autant plus que son travail à l'hôtel se terminait à la fin du mois. Mais voilà qu'un matin, l'avant-dernier jour de son contrat, il s'est pointé devant elle, souriant, bronzé, bien moins bavard et content de soi que la première fois. Je suis revenu, je suis à toi, a-t-il dit.

Après quelques jours passés sur la côte, à se baigner, à se promener, à manger du poisson grillé le soir – finalement ils s'entendaient très bien tous les deux – ils sont allés voir Zarja dans sa campagne vallonnée. Il a l'air très bien, ce gars, tu devrais le garder. Ne fais pas comme moi qui suis entourée de mes ex, lui a-t-elle dit à l'oreille.

À vrai dire, Zarja n'a jamais été bien loin dans les moments importants de sa vie. Elle est venue à Paris pour la naissance de ses filles. Elle est venue voir la galerie OR. Puis elle venait aussi sans raison, juste pour passer du temps ensemble, comme autrefois. Ou même pour travailler, car elle s'était lancée dans la production de théâtre indépendant et s'intéressait à la danse contemporaine. Elle s'était fait couper ses longs cheveux, mais continuait à s'habiller avec la même fantaisie, avec des pantalons larges, des pulls, des cardigans et des mitaines tricotés à la main. Ne tenant jamais longtemps dans une relation, elle vivait entourée de ses ex, comme elle disait, avec qui elle gardait des rapports plus que cordiaux. Avec l'aide de son père, elle avait acheté un grand appartement à Ljubljana qui lui servait de bureau.

En fait, c'était lui, l'homme de sa vie, celui qui l'avait élevée – sa mère était morte quand elle avait douze ans –, qui veillait sur elle et la soutenait dans tout ce qu'elle faisait. Un homme chaleureux et cultivé, documentaliste à la radio, amateur de nature et grand connaisseur de champignons. Alors quand sa santé s'est soudainement dégradée – il était cardiaque depuis des années –, elle a arrêté tous les projets en cours, mis son appartement en location et s'est installée avec lui dans une petite maison à trente kilomètres de la ville, pas loin d'une forêt qu'ils aimaient tous les deux.

Je veux passer ses derniers jours avec lui. Je ne veux pas qu'il meure à l'hôpital, a-t-elle dit.

— Alors tu es où, Nasti, dis-moi ? Madrid ? Amsterdam ? Rotterdam ? Oslo ?

— Raconte-moi d'abord comment va ton père.

Elle l'entend allumer une cigarette, puis expirer longuement la première bouffée.

— Pas bien. Pas bien du tout. Il a beaucoup changé, tu sais... Tu ne le reconnaîtrais pas. Il a du mal à marcher. Il est trop essoufflé. Il peut aller jusqu'aux toilettes, et encore... Insuffisance cardiaque aggravée, il n'y a rien à faire à son âge, m'a dit son médecin. Il se repose. Sa chambre donne sur la forêt, alors il passe son temps à regarder par la fenêtre. La nuit, je me lève pour aller voir s'il respire encore. Je ne veux pas qu'il parte seul, tu vois...

— Oui.

— Je voudrais être avec lui, lui tenir la main...

Elles se taisent pendant un moment.

— Parfois je me demande si je vais tenir le coup. J'ai peur... Je ne sais pas bien de quoi. De l'inconnu, je suppose. Je n'ai même pas envie de tricoter, pour te dire. Mais dis-moi où tu es. Je donne ma langue au chat.

— À Ljubljana.

— À Ljubljana ?

— Hmm...

— Avec François ?

— Non, toute seule.

— Mais qu'est-ce que tu fais à Ljubljana toute seule, dis-moi, surtout maintenant que tout est fermé ?

Est-ce qu'elle a envie de lui raconter ce qui s'est passé avec François, même si ça tient en trois petites phrases pas très originales ? Non, pas maintenant. Ce n'est pas le moment. Ce n'est pas le moment non plus de parler de l'appartement de Marko, et de Tobias qui vient de débarquer.

— Pas grand-chose. Je marche en ville, je regarde... Je n'ai jamais autant marché. Tous les jours, je me dis que je devrais aller voir ma sœur, puis je ne le fais pas. C'est toujours la même chose.

— Tu veux une suggestion, Nasti ? Tu te sens encore slovène, j'espère ?

Justement, elle y a pensé ces derniers jours en déambulant dans les rues. Elle se demandait si c'était encore sa ville et si elle avait quelque chose en commun avec les gens qui passaient à côté d'elle, qu'elle rencontrait au marché ou dans les escaliers, comme la vieille dame frêle aux cheveux blancs coupés au ras des oreilles, très élégante dans son tailleur mauve et ses chaussures plates, à qui elle a donné plusieurs fois un coup de main pour monter ses courses, une voisine, celle dont lui avait parlé Marko, Mme Grm. D'ailleurs, il n'y a que les Slovènes pour savoir prononcer ces trois consonnes. *Grm.* Comme *smrt*, c'est pareil. Ou *Trst*, allez-y, dites-le.

— Trouve-toi un vélo. Ou vas-y à pied. Je ne sais pas si tu es au courant. On manifeste à vélo tous les vendredis depuis un certain temps. À Ljubljana, mais aussi dans les autres villes. On proteste contre la dérive autoritaire du gouvernement. Contre le fait qu'il se serve de l'épidémie pour interdire toute opposition. Contre la politique de haine et d'exclusion. Et tu auras remarqué que je ne prononce même pas le nom de notre Premier ministre, imitateur d'Orbán, admirateur de Trump... Tu devrais y aller pour moi aussi, vu que je ne peux pas bouger d'ici. Tu m'écoutes, Nasti ?

14

Ce n'est que le lendemain quand il commence à pleuvoir, une pluie drue et régulière comme si elle n'avait plus l'intention de cesser, qu'elle découvre ce que veut dire ne plus habiter toute seule.

Revenue du marché, mouillée, trempée même, ôtant son imper et ses bottines dans l'entrée, déposant ses courses dans la cuisine – du pain, des brocolis, de la salade, un bouquet de tulipes –, elle note aussitôt que quelque chose a changé dans l'appartement. Il y a des bières dans le frigidaire, du jambon blanc et une chose volumineuse dans une poche en papier qui prend beaucoup trop de place. Une bouteille de vin rouge bien en vue sur la table de la cuisine. Une trousse de toilette et une paire de chaussettes qui sèchent dans la salle de bains. Et quand elle pousse la porte du salon avec ses tulipes, lui, Tobias, qui dort sur le canapé.

Enfin, elle ne sait pas s'il dort. On dirait qu'il écoute de la musique, vu qu'il a des écouteurs sur les oreilles. En tout cas, il est là, étalé de tout son long sur le canapé, en plein après-midi, pieds nus, les yeux fermés et les mains croisées sur la poitrine, à l'aise, comme s'il était chez lui, se dit-elle en avançant dans la pièce pour poser le vase sur la table basse devant la bibliothèque.

— Très jolies, ces tulipes..., remarque-t-il derrière son dos.

Elle se tourne vers lui. Il s'est assis, a retiré ses écouteurs et levé les yeux vers elle.

— Qu'est-ce que vous faites là ? dit-elle comme si elle venait de découvrir sa présence.

— Je vous regarde. Vous vous êtes fait rincer, dites donc...

Elle hausse les épaules. Qu'est-ce qu'elle peut répondre à ça ? Qu'elle n'a pas de parapluie, ni à Paris ni, encore moins, ici, et n'a rien contre la pluie ? Et encore moins contre le fait d'avoir les cheveux mouillés, au contraire, ça les fait onduler.

— Il y a quelque chose qui ne va pas ? demande-t-il.

Elle continue à le regarder, cachant mal son irritation.

— Vous voulez que je me lève ? Ou que je me mette plutôt par terre, c'est ça ?

Il se redresse, puis s'assied sur le tapis, le dos contre le canapé, exactement comme elle le fait, elle.

— Ça vous va comme ça ? demande-t-il, sourire amusé aux lèvres. Vous pouvez vous mettre à côté de moi, si vous voulez. Je peux vous faire écouter un des derniers *lieder* de Richard Strauss, le brindisi du premier acte de *La Traviata*. Ou un tango un peu triste...

Elle ne bouge pas. Elle n'aime pas sa familiarité, cette aisance agaçante qui émane de lui. Elle n'aime pas sa façon de la regarder et encore moins son petit sourire narquois, le brindisi de *La Traviata* ou son tango triste...

Ça ne va pas se passer bien entre eux. Elle n'aurait jamais dû accepter qu'il s'installe ici. Elle avait envie d'être seule dans cet appartement, libre de faire ce qu'elle voulait, et non avec quelqu'un qui se prélasse sur ce canapé alors qu'il a une chambre à lui, une chambre avec tout ce qu'il faut, un lit, une table et même un balcon donnant sur un petit jardin.

— Il faut qu'on s'organise un peu, vous ne trouvez pas ? dit-elle au bout d'un moment.

— Qu'est-ce que vous voulez dire par là ?

— Le frigidaire. Vous mettez vos affaires d'un côté, et moi de l'autre.

— Si vous y tenez.

— Vos chaussettes aussi. Vous avez un balcon pour les suspendre, vous ne trouvez pas ?

— Vous avez raison. Il pleut, mais ce sera fait, ne vous inquiétez pas ! Autre chose ?

Elle est toujours à la même place, à quelques pas de lui, et continue à le dévisager, ses cheveux en bataille, sa barbe, ses pieds nus sur le parquet. Son regard insistant et moqueur, il lui semble du moins.

— La bouteille sur la table de la cuisine. Qu'est-ce qu'elle fait là ?

Il attend un peu avant de répondre.

— Je l'ai achetée pour vous remercier, dit-il enfin.

— Me remercier ?

— Oui. Je suis content d'être ici. J'aime beaucoup cet appartement. Vous avez bien fait de changer la disposition de la pièce. C'est bien mieux comme ça. Quant à la bouteille de vin rouge…

Il se tait un instant avant de continuer.

— … on peut la boire ce soir, si vous voulez. Vu qu'il y a le couvre-feu et qu'on n'a rien d'autre à faire.

Elle n'a toujours pas bougé. Soudain, elle ne sait plus quoi dire ni où regarder.

— Parce que vous ne buvez pas d'alcool ? demande-t-il, le même demi-sourire au coin de la bouche.

— Si. Mais pas ce soir.

15

Le soir, évidemment, elle n'arrive pas à s'endormir. Trop de pensées, comme d'habitude. Elle a trop chaud. L'oreiller, trop chaud aussi. Puis il y a son cœur qui se met à battre à tout rompre. Elle rallume, regarde l'heure sur son portable. Pourtant elle sait bien que c'est tout ce qu'il ne faut pas faire. Il ne faut pas regarder l'heure quand on ne peut pas dormir. Il ne faut pas vérifier non plus, tête dure, si François lui a envoyé un message. Et elle ne parle pas de la phrase qui a été la leur pendant si longtemps, la plus belle, celle avec laquelle aucune autre ne peut rivaliser, mais d'un message normal, d'un petit, un tout petit *comment vas-tu, tu tiens le coup, est-ce que ça va, je pense encore à toi, je ne t'oublie pas, Nasti…*

Quelque chose qui ne soit pas silence, écran vide et indifférence.

Parce qu'ils ont quand même été ensemble pendant des années. Ensemble, c'est ça, et pas en couple. C'est ce mot-là qu'elle aimait – ensemble – elle le revendiquait même, pariait sur lui. Ça changeait tout, pour elle, en tout cas. Elle ne voulait pas faire « couple » avec François, ni avec personne d'ailleurs : la vie conjugale, merci, elle connaissait.

Elle aimait bien être seule chez elle, avoir son rythme, ses petites lubies… Puis elle ne voulait pas tout partager. Ses sautes d'humeur, sa façon de faire la tête quand quelque chose ne lui plaisait pas, ses rancunes, ses colères rentrées, ses impatiences, sachant bien que de son côté, elle n'était pas particulièrement facile à vivre non plus et pas tout à fait un exemple de tolérance.

Chacun chez soi, avait-elle répondu quand il lui avait proposé de vivre sous le même toit, un soir de pluie, dans un bus bondé coincé sur le boulevard Beaumarchais, elle s'en souvient bien, lui debout entre les gens, elle assise, en langue des signes, parce que pendant quelques jours ils s'étaient amusés à apprendre à parler avec des signes. Chacun chez soi et on ne partage que ce qu'on a envie de partager, allez dire ça en langue des signes !

Pourtant c'était exactement ce qu'elle voulait. De bons moments, des éclats de bonheur, mis côte à côte, sans temps morts, sans crises et sans médiocrité. Prendre de longs petits déjeuners ensemble, café, tartines, confiture, l'un en face de l'autre. Se raconter ce qui leur passait par la tête : les enfants, son travail à la tête du service de l'assainissement des eaux de Paris où il se passait toujours quelque chose, surtout quand il pleuvait, sa galerie, Sigrid, un vrai sujet de conversation… Flâner dans Paris, en toute saison et de préférence au mois de mai sous les tilleuls en fleur, ceux du canal près de la Bastille, parfois même les yeux fermés pour sentir encore mieux l'odeur et sa main dans la sienne. Se retrouver l'un à côté de l'autre dans un train, elle près de la fenêtre – il lui laissait toujours le siège côté fenêtre pour qu'elle puisse observer le paysage qui défile –, puis de temps en temps, lever les yeux vers lui qui lisait à ses côtés et se sentir soudain heureuse. Marcher ensemble pendant des heures sous les falaises à Dieppe. Le prendre en photo, souvent, très souvent, connaissant parfaitement son visage, sous tous les angles, les bons et les mauvais, mais se laissant parfois surprendre par une expression d'abandon, de tendresse, ou bien de désarroi ou de dureté. Aller acheter des vêtements pour lui, parce qu'elle avait bien plus d'œil pour ces choses-là que lui, et qu'elle adorait ça, lui choisir un pantalon, un pull, le regarder les essayer, le trouver beau, trouver sa marque sur lui, son goût à elle. Avoir de longues discussions, à propos du goût justement, ou de la politique : ils n'avaient pas le même goût tous les deux, ni tout à fait les mêmes opinions politiques, mais pouvaient en discuter, ne pas être d'accord, s'en amuser même, enfin, pas toujours et jusqu'à un certain point. Inventer des mots, avoir un vocabulaire à eux, drôle, imagé, subversif même. L'apercevoir de loin, le reconnaître parmi les gens, aller vers lui, presser le pas, courir même, puis se mettre sur la pointe des pieds – elle aimait cette différence de taille entre eux, le fait qu'elle doive se hisser sur la pointe des pieds pour être à la même hauteur que lui – et lancer ses bras autour de son cou. S'asseoir au cinéma à côté de lui, glisser sa main dans la sienne. Préparer à manger ensemble, non, non... pas ensemble, elle préférait le faire seule, parce qu'il était impatient et ne voulait pas s'embêter avec ce qu'il considérait comme une perte de temps. Se mettre donc à table et manger ensemble. Ou faire l'amour après le déjeuner, à la lumière du jour, faisant semblant de se mettre sous les draps juste un moment, histoire de se reposer un peu, tranquillement, l'un contre l'autre, de s'assoupir même, jambes entremêlées, sa main sur son ventre, son souffle dans ses cheveux. Puis se rapprocher un peu plus, puis encore un peu, toujours mine de rien, comme s'il avait besoin de bouger un peu, sa main qui remonte pour effleurer ses seins, toute seule, comme par hasard, et son sexe qui gonfle, tout seul, comme par hasard aussi... Puis, soudain, tout se précipite, ils ne font plus semblant, il est là, en elle, et c'est tout ce qu'elle veut et lui aussi.

Oh, non, non, non... Il faut arrêter. Il faut arrêter tout de suite, Nasti. Tu ne peux pas continuer à penser à ce qui a été et n'est plus, se dit-elle, trempée de sueur, se levant d'un bond.

Dans la salle de bains, elle fait couler de l'eau froide dans la baignoire. On lui a expliqué qu'il fallait faire baisser la température du corps quand on n'arrive pas à trouver le sommeil. Alors elle y va, elle y va franchement, enlève sa nuisette et se couche, sans ciller, dans l'eau glacée. Elle observe ses seins qui durcissent sous l'effet du froid, son ventre qui se contracte, la peau des cuisses qui se hérisse...

Peut-être ne fera-t-elle plus jamais l'amour, se dit-elle soudain, tout en continuant à observer son corps transi. Plus personne ne touchera ces seins qui sortent de l'eau telles deux petites collines, ce ventre encore bien plat, ces jolies hanches, ce sexe dont on ne voit que le pubis étonnamment blond... Plus personne ne lui dira des mots d'amour... Plus personne ne se mettra au lit avec elle, après le déjeuner, quand le soleil tapera dans la chambre et réveillera les sens... Plus personne ne la prendra dans ses bras... Plus personne ne l'embrassera... Plus personne n'ira la chercher dans ses profondeurs, ses obscurités et ses sauvageries, là où elle ne peut aller toute seule. Plus personne ne la réchauffera quand elle aura froid.

C'est curieux, parce qu'elle n'y a pas pensé jusqu'à maintenant. Ça ne l'a même pas effleurée. Pourtant c'est un fait. Un fait tout à fait probable.

Frigorifiée, elle s'essuie en vitesse, remet sa nuisette, un pull par-dessus, et va s'asseoir au salon.

À Paris aussi, elle va s'asseoir sur le canapé quand elle ne peut pas dormir et que la lumière du jour est encore trop loin. Elle se sert quelque chose à boire. Du lait chaud avec du miel. Une tisane. Ou même un whisky, dont la première gorgée, la première seulement, la fait frissonner. Seule au milieu de la vaste nuit, elle regarde par la fenêtre. Tout le monde dort. Il n'y a que quelques fenêtres qui restent illuminées dans le voisinage, trois, quatre, pas plus. Elle les connaît. Elle les connaît toutes. Ce sont toujours les mêmes, ses frères et sœurs d'insomnie.

Ici, elle ne voit que les contours de la vieille usine en face, deux, trois immeubles au loin, le clocher d'une église et beaucoup de ciel. Pas de frères et de sœurs d'insomnie. Personne.

Si, il y a Tobias. Elle ne l'a pas entendu rentrer hier soir, ni marcher dans le couloir, ni tirer la chasse d'eau. Pourtant il doit bien être dans la chambre à côté, dans les bras de Morphée depuis longtemps.

16

Le matin, elle va retrouver son banc sur le terre-plein devant la Bibliothèque nationale, le troisième après l'escalier, celui d'où on voit toute la place de la Révolution française et l'obélisque à la gloire de Napoléon, son nid haut perché, son endroit à elle, pour être seule et réfléchir.

Parce qu'elle a besoin de réfléchir justement, se dit-elle en s'asseyant et en posant son sac à côté d'elle.

Il faut que tu fasses quelque chose, Nasti. Tu ne peux pas continuer comme ça. Tu ne peux pas te laisser dévorer par la douleur, penser du matin au soir à quelqu'un qui t'a trahie – il faut bien appeler les choses par leur nom – et attendre, tête dure, un hypothétique message de sa part. Et tu ne peux plus passer des nuits comme celle que tu viens de passer, ni faire des rêves stupides que tu ne comprends pas, comme celui de ce matin.

Car elle s'est tout de même endormie le matin, et elle a rêvé. Ça se passait dans une patinoire, une patinoire de Ljubljana certainement, parce qu'elle n'a jamais patiné ailleurs qu'ici. Habillée légèrement, collant et jupe rouge virevoltant autour de ses cuisses, elle patinait en cercle avec deux, trois personnes qu'elle ne connaissait pas spécialement. Un moment, elle s'est détachée d'eux pour exécuter une figure toute simple, glissant sur une seule jambe, l'autre étant levée à l'horizontale tout comme ses deux bras. Puis un homme, venant de la direction opposée, s'est avancé vers elle, exécutant exactement la même figure, comme dans une chorégraphie. Quand il s'est approché, elle a reconnu François. Il est passé si près qu'ils auraient pu se toucher, et il lui a dit quelque chose tout bas, une phrase qu'elle n'a pas réussi à saisir. Quand elle a terminé sa figure et qu'elle a regardé dans sa direction, il n'était plus là.

Qu'est-ce qu'il lui a dit?

Elle ne sait pas et ne veut pas le savoir. Il a glissé à côté d'elle et il a disparu dans la foule. Il est sorti de sa vie, non? Elle devrait prendre son petit carnet qu'elle a toujours dans son sac, et y consigner ces mots : *sorti de ma vie.* Trois fois : *sorti de ma vie, sorti de ma vie, sorti de ma vie.*

C'est ce que veut dire ce rêve, pas besoin d'aller consulter à l'université Sigmund-Freud à quelques pas de chez elle pour le comprendre. Il ne peut être plus explicite, même pour une tête dure comme elle.

Alors ce n'est plus la peine de penser à lui, tu entends! Ce n'est pas utile, ça ne sert à rien. Tu devrais plutôt être en colère, tu ne trouves pas? En colère. Tu sais ce que ça veut dire, non?

— Est-ce que je peux m'asseoir à côté de vous? demande une jeune femme brune à lunettes avec un petit sac à dos qu'elle tient contre elle.

Elle ne l'a pas vue s'approcher. Pourquoi veut-elle se mettre à côté d'elle alors que les autres bancs plus loin sont libres et qu'elle a besoin d'être seule, ça se voit, non?

On ne peut pas la laisser tranquille ? Un peu, un tout petit peu ?

Ennuyée, contrariée même, elle lui lance un long regard interrogateur, puis finit par se pousser, de mauvaise grâce.

— Merci, dit la jeune femme.

— De rien, répond-elle sèchement.

— C'est mon banc préféré. Chaque fois que je viens à Ljubljana, je passe m'asseoir ici.

— Moi aussi..., marmonne-t-elle, toujours renfrognée, comme pour elle-même.

La jeune femme à lunettes s'assied à l'autre bout du banc. Cheveux bruns, teint pâle, petit nez en trompette, elle porte une veste en velours verte, une jupe courte, une paire de bottes et regarde droit devant elle, les arbres, les gens qui passent, le kiosque à journaux en brique dessiné par Plečnik, encore lui, le soleil qui imprime des arabesques à travers les feuilles des bouleaux. Puis elle sort un sandwich de son sac à dos, une bouteille d'eau et une barquette de fraises qu'elle pose à côté d'elle sur le banc.

— Je croyais que j'étais la seule à aimer ce banc, dit-elle en se tournant vers Nastia.

— Moi aussi, je croyais que j'étais la seule à l'aimer. Vous êtes d'où ? demande-t-elle.

— De Koper. Je viens pour la manifestation de demain. Et ce n'est pas la première fois. Je viens assez souvent. Dès que je peux.

— Vous venez de Koper exprès pour aller manifester ? Ce n'est pas vraiment à côté.

— Non, ce n'est pas à côté, comme vous dites. Ça vous étonne ?

— Non... enfin, si.

— Nous sommes venus à plusieurs en voiture. C'est important. On ne peut pas rester les bras croisés, vous ne trouvez pas?

Elle hoche vaguement la tête.

— On ne veut pas de ce gouvernement autoritaire, corrompu, révisionniste, nationaliste, qui méprise tous ceux qui ne pensent pas comme lui. Qui nous infantilise, qui se sert de l'épidémie pour nous faire taire. Qui muselle la presse... Qui nous vend aux Hongrois, aux potes d'Orbán, je parle de notre port, de nos banques, de nos médias... En un mot : qui nous fait honte. Moi, notre Premier ministre me fait honte personnellement. Alors j'ai besoin d'être là. Je veux avoir le courage de mes convictions, vous comprenez...

De nouveau, elle hoche la tête, plus vigoureusement cette fois.

— Sans parler du fait que le seul vrai sujet est la crise climatique, la destruction systématique de l'environnement, de la terre, des océans... Parce qu'on va dans le mur. On y fonce à toute allure. On y est, même, regardez un peu autour de nous. Je me demande ce qu'on attend pour changer radicalement notre façon de vivre, de produire, de consommer... Notre souci de soi individualiste et égoïste... Sauf qu'aucun homme politique ne nous le dira de cette façon. Aucun.

Elle aime bien l'enthousiasme de la jeune femme, sa façon de parler, son regard intelligent derrière ses lunettes qui lui mangent la moitié des joues. François disait plus ou moins la même chose, avec d'autres mots, plus agressifs. Sigrid aussi. Même Étienne s'y est mis.

— Vous voulez une fraise? Allez-y, servez-vous. J'ai faim,

il faut que je mange un peu, dit-elle en posant la barquette entre elles.

— Et vous, vous êtes d'où ? demande-t-elle entre deux bouchées.

— Je vis à Paris.

— À Paris ?

— Oui.

— Mais qu'est-ce que vous faites ici ?

— Justement. C'est la question que je me posais avant que vous n'arriviez. Elles sont très bonnes, vos fraises.

— Je les ai achetées au marché. À un jeune homme de Maribor. Il est facile à repérer. Il ne vend que des asperges et des fraises. Allez-y, prenez-en encore.

— Merci. J'ai faim, moi aussi. Je n'ai pas mangé ce matin. Je vais m'en aller, je vais passer par le marché pour faire quelques courses.

— Mais non, restez… Je ne vous chasse pas, au contraire.

— Je sais bien. Vous vous appelez comment ?

Elle attend de vider sa bouche avant de répondre.

— Nastia.

Elle sourit.

— Qu'est-ce qu'il y a ? Pourquoi vous me regardez comme ça ? Parce que vous aussi, vous vous appelez Nastia ?

17

Ça fait longtemps que ça ne lui est pas arrivé. D'ouvrir les yeux et de ne pas savoir où elle est. De ne pas savoir non plus si c'est le matin ou le soir. De ne pas comprendre ce qu'elle fait là, sur ce canapé, dans cette grande pièce presque vide qu'elle met quelques longs instants à reconnaître, en soutien-gorge et en culotte. D'avoir la bouche toute pâteuse. Et surtout de ne plus sentir son bras droit, c'est effrayant... Effrayant. Un bout de bois, c'est un bout de bois sans vie qui est posé à côté d'elle.

Il faut que je me lève, il faut que je me lève avec précaution, que je le fasse bouger, ce bout de bois, attention, doucement, voilà, pour que le sang y afflue de nouveau, et que j'aille boire un grand verre d'eau dans la cuisine.

Ce n'est qu'au bout d'un moment, debout à côté de l'évier, après avoir récupéré son bras et bu deux verres d'eau d'affilée, qu'elle s'aperçoit de sa présence. Il est assis à la table de cuisine, un cahier et une tasse de café devant lui, en train de l'observer.

— Qu'est-ce que vous faites là ? demande-t-elle, la voix pâteuse, comme sa bouche il y a encore peu.

— Rien. Je prends un café. Vous en voulez ?

Le dos contre l'évier, toujours décalée, dans le brouillard, elle ne réagit pas, se demandant plutôt ce qu'elle a fait de sa jupe et de sa chemise, ne se rappelant pas les avoir ôtées. Pourtant elle a bien dû le faire vu qu'elle est à moitié nue.

— Il faudrait peut-être que je m'habille, non ? finit-elle par marmonner comme si elle se parlait à elle-même.

Elle va dans la salle de bains pour prendre une douche, une longue douche chaude, se brosser les dents, se laver le visage, se coiffer, s'habiller... Se mettre même un peu de rouge à lèvres, ce qui ne lui est pas arrivé depuis longtemps.

Voilà, c'est de nouveau moi, à peu près présentable, se dit-elle quand elle revient à la cuisine et s'assied en face de lui.

— Je veux bien un peu de café.

— Même s'il est froid ?

— Même s'il est froid.

Elle le suit des yeux quand il se lève pour aller prendre une tasse, la bleue avec l'anse noire, sa préférée, et qu'il lui sert le reste de café avant de se rasseoir en face d'elle, de poser ses longs avant-bras nus sur la table devant lui et de croiser les mains. Cernes violets, cheveux en bataille qu'il doit peigner à la main, un profond sillon entre les yeux, et ce tee-shirt dont elle serait incapable de dire la couleur, il n'a pas l'air très frais, lui non plus.

Pourtant il y a quelque chose de calme, de concentré et d'attentionné qui émane de lui. Pas insistant et moqueur comme quand il s'est laissé glisser par terre devant le canapé en lui demandant si elle voulait s'asseoir à ses côtés.

— Je me suis endormie..., dit-elle au bout d'un moment.

— J'ai bien vu. Vous avez dormi tout l'après-midi, comme

une souche. Vous n'avez même pas entendu votre sœur quand elle est passée vous voir.

— Ma sœur ?

— Une dame un peu plus forte que vous, cheveux gris coupés au carré... Dora. Je suis Dora, a-t-elle dit quand elle a sonné et que j'ai ouvert la porte.

— Elle est venue ici ? Elle est entrée ?

— Si j'ai bien compris, elle voulait vous faire une surprise. Son français n'est pas aussi remarquable que le vôtre. Elle m'a dit qu'elle l'avait appris au lycée et l'avait pratiqué pendant des années avec votre mari. Mais comme il ne vient plus beaucoup à Ljubljana, elle l'a oublié. On a pu se parler quand même.

— Vous avez parlé avec ma sœur ? demande-t-elle, en détachant bien les mots, de plus en plus ahurie, comme si elle venait de comprendre le sens de ses paroles.

— Elle voulait vous réveiller, disant que ce n'était pas bon de dormir autant l'après-midi. Surtout pour quelqu'un qui a des problèmes de sommeil comme vous. Je lui ai dit que vous n'aviez pas beaucoup dormi cette nuit et qu'il ne fallait pas vous réveiller.

— Comment savez-vous que je n'ai pas dormi ?

— Parce que je vous ai entendue marcher, faire couler l'eau dans la salle de bains, aller dans la cuisine...

— Vous m'avez entendue marcher ?

— Je n'ai pas beaucoup dormi, moi non plus.

Ils restent en silence pendant un moment, tout en continuant à se dévisager l'un l'autre.

— Votre sœur m'a dit que vous ne répondiez pas à ses appels. Que vous ne lui donniez pas de nouvelles. Elle avait l'air de s'inquiéter pour vous. Elle a dit que vous n'alliez pas très bien en ce moment et qu'elle vous avait donné des médicaments.

— Et puis quoi encore ! s'écrie-t-elle, se levant brusquement et donnant une grande tape au frigidaire. Je me demande de quoi elle se mêle, celle-là…

— Qu'est-ce qu'il vous a fait, ce frigidaire ?

— Il fait du bruit. Vous ne l'avez pas remarqué ?

— Non.

— Qu'est-ce qu'elle vous a raconté encore ? Que j'avais un chagrin d'amour ? Qu'on m'a quittée lamentablement, du jour au lendemain, comme une vieille chemise, c'est ça ?

— Rasseyez-vous…

Non, je ne vais pas me rasseoir, se dit-elle. C'est toujours la même chose avec la *sorella*. Je n'aurais jamais dû lui raconter ce qui s'est passé avec François, me montrer faible et vulnérable, et du coup, évidemment, bien plus aimable. Je n'aurais pas dû non plus lui donner l'adresse de l'appartement de Marko. Je ne fais que des erreurs depuis que je suis là. Lui aussi, c'est une erreur.

Une erreur, voilà, se répète-t-elle en continuant à le fixer froidement.

— Vous ne voulez pas finir votre café ?

— Non.

— Non ?

— Il va faire nuit bientôt. Je ne vais pas boire du café le soir. Et puis j'ai faim. Je n'ai rien avalé aujourd'hui. Je vais préparer quelque chose à manger.

Elle ouvre le frigidaire. Il faut que je me calme. Je ne sais pas pourquoi je m'énerve, c'est ridicule. Ridicule.

— En revanche, je veux bien prendre un verre du vin dont vous m'avez parlé hier ou avant-hier, je ne sais même plus. D'ailleurs, qu'est-ce que vous avez fait de la bouteille qui était sur la table ?

— Elle est dans ma chambre. Vous voulez que j'aille la chercher ?

Elle hoche la tête.

— Très bien.

— Je vais faire quelque chose à manger en attendant, marmonne-t-elle comme pour elle-même.

18

Quand ils se mettent à table – elle a préparé des pâtes aux brocolis et a dressé soigneusement la table – ils mangent en silence. Il s'est changé. Il a mis une chemise dont il a retroussé les manches. Il a dû aussi passer un coup de peigne dans ses cheveux, peut-être même dans sa barbe, très claire, presque blonde. En tout cas, il a l'air moins hirsute que tout à l'heure et plutôt content d'être là, en train de dîner avec elle en silence.

— Vous mangez toujours aussi vite ? demande-t-elle quand il a fini.

Il boit le restant de vin dans son verre et s'essuie la bouche avec le revers de la main.

— J'avais faim. C'était très bon. Ça fait du bien de manger quelque chose de chaud. Je ne mange que des sandwichs et des bananes depuis que je suis ici.

Il prend en main la bouteille, scrute longuement l'étiquette comme s'il était fin connaisseur, avant de les resservir tous les deux, elle bien plus que lui.

— Le vin est très bon aussi, vous ne trouvez pas ? Un vin franc, honnête, sans prétention…

Elle hoche la tête tout en continuant à manger.

— Qu'est-ce que vous faites ici ? À Ljubljana, je veux dire. Ce n'est pas vraiment le moment de faire du tourisme, si ? demande-t-elle quand elle a fini à son tour.

Il boit encore un peu de vin. Il mange trop vite et boit trop vite, se dit-elle.

— Je ne suis pas là pour ça. Je regarde, j'observe, je me renseigne… Je prends des notes.

— Des notes ?

— Je vais peut-être écrire quelque chose sur ce qui se passe dans ce pays. Puisqu'il se passe des choses, non ?

— Vous êtes écrivain ?

— Non, je suis journaliste. Un journaliste indépendant. Et critique d'opéra accessoirement.

— Critique d'opéra ? répète-t-elle bêtement.

— Oui. Ça vous étonne ?

Elle hausse les épaules. Disons qu'il ne correspond pas tout à fait à l'idée qu'elle se fait d'un amateur d'opéra. Non, il ne correspond pas du tout à l'idée qu'elle se fait d'un amateur d'opéra. Mais elle ne le connaît pas. C'est la première fois qu'ils sont assis l'un en face de l'autre et qu'ils se parlent.

— Et vous, qu'est-ce que vous faites ici ? Parce que vous vivez à Paris, non ?

— Ma sœur ne vous l'a pas expliqué ?

— Assez parlé de votre sœur, vous ne trouvez pas ?

— Elle a dû penser que vous étiez mon amant…, marmonne-t-elle, comme pour elle-même.

— Je ne le crois pas, rassurez-vous. Je lui ai dit qu'on était colocataires, pour quelques jours au moins. Après, on verra.

Elle ne sait pas pourquoi elle a dit ça. L'alcool, certainement. Elle dit souvent des choses sans réfléchir quand elle boit un peu, avec un laisser-aller déconcertant. Même si ça lui fait du bien de boire un verre de vin. Deux verres de vin. Un vin honnête, sans prétention, comme il a dit.

— J'ai acheté des fraises au marché. Ça vous dit ? demande-t-elle en se levant pour aller chercher le saladier avec les fraises dans le frigidaire.

Il ferme les yeux pendant un moment.

— Qu'est-ce qu'il y a ? demande-t-elle.

— Rien.

— Rien ?

— Je me sens bien, c'est tout. Je ne pensais pas que j'allais manger avec vous ce soir, dit-il en leur resservant du vin.

Ils piochent dans le saladier tout en continuant à s'observer, en silence, comme si c'était un jeu, un jeu délicat et sensuel pendant lequel il ne faut pas parler. Juste saisir une fraise, joliment rouge et bien lustrée, l'équeuter soigneusement, la porter à la bouche et attendre qu'elle fonde sous la langue.

— J'ai rencontré une jeune femme de Koper aujourd'hui. Elle est venue s'asseoir sur mon banc, dit-elle en avalant la dernière fraise.

— Votre banc ?

Elle sourit.

— Un banc public que j'appelle mon banc et qui est visiblement aussi le sien. Elle m'a expliqué qu'elle venait exprès de Koper pour aller manifester demain. Koper est une ville sur la côte à cent kilomètres de la capitale.

— Voilà, c'est ce que je disais, s'exclame-t-il. Il se passe des choses ici. Et je ne parle pas du virage autoritaire et droitier du pays sous l'impulsion du chef du gouvernement. Ce n'est pas lui qui m'intéresse, le cas pathologique d'un ancien communiste devenu un autocrate de droite, voire d'extrême droite. Le « patient slovène », comme on l'appelle. Ce qui m'intéresse, ce sont les gens qui réagissent à ce qui se passe dans leur pays. Qui réagissent d'une manière inédite. Non violente, intelligente, créative, subversive, drôle même… Il faut le voir pour s'en rendre compte.

— Vous parlez des manifestations à vélo ?

— On interdit tout rassemblement dans l'espace public, soi-disant à cause du virus, et voilà que les gens se mettent à manifester à vélo. Le vélo devient d'un jour à l'autre l'emblème de la résistance et de la révolte contre la politique répressive et régressive. Plutôt une belle idée, avouez-le.

Elle hoche la tête en repensant à la scène avec le poète sous la neige. Une scène de résistance, une scène politique et poétique : une belle idée aussi. Ça ne peut arriver qu'ici.

— Et il y a cette image de la bicyclette rouge devant les trois sommets, qu'on voit partout en ville. Leur logo, œuvre d'un jeune artiste slovène, libre de droits, offert à tous ceux qui veulent se l'approprier et en faire usage. Il y en a partout, en pochoirs sur les murs, par terre…

Elle continue à l'observer, son visage très mobile, ses beaux cheveux avec cette mèche trop longue sur le front, ses avant-bras osseux et musclés, couverts d'un duvet blond, ses mains qui bougent quand il parle. Son regard, sérieux, intense, très présent, même s'il se perd par moments dans une déambulation intérieure.

— Vous ne vous sentez pas concernée ? demande-t-il au bout d'un moment de silence. Trop parisienne ?

— C'est encore ma sœur, ça ?

Il éclate de rire. Un rire joyeux qui lui plisse les yeux.

— Il n'y a rien de drôle.

— Je vais aller fumer une cigarette sur mon balcon, dit-il en se levant. Et je vais me coucher tôt ce soir. J'ai sommeil.

— Je peux vous demander quelque chose ? dit-elle en se levant à son tour.

— Tout ce que vous voulez !

— Mon portable, pouvez-vous le prendre avec vous ? Vous me le rendrez demain matin. Il est éteint.

19

Est-ce un début de répit, d'accalmie, de détachement même ? D'embellie après toutes ces journées harassantes et obsessionnelles où elle ne faisait qu'attendre quelque chose de sa part, un coup de fil, une photo, lui signifiant qu'un lien ne se rompt pas aussi facilement, même si une attirance a remplacé l'amour, d'ailleurs elle se demande si elle a encore le droit d'utiliser ce mot pour tout ce qu'ils ont vécu ensemble ?

Ou bien est-ce simplement le fait que son portable soit depuis hier soir inaccessible dans la chambre de Tobias et le répit, l'accalmie et la sensation d'embellie seront-ils forcément de courte durée ?

En attendant, elle peut toujours se lever le cœur léger, plus léger que les jours précédents, ouvrir la fenêtre et aller s'asseoir sur le canapé dans le salon. Depuis qu'elle vit dans cet appartement, la première chose qu'elle fait au réveil est de s'asseoir sur ce canapé. C'est devenu son petit rituel : se poser là, un verre d'eau tiède à la main, contempler le jour en train de naître et se demander ce qu'elle va faire de tout ce temps qui est devant elle.

Ce matin, c'est plus ou moins pareil, sauf que le jour

est là depuis un bon moment déjà, et qu'elle a deux, trois choses à régler.

Elle doit parler à Sigrid. C'est quand même vous la cheffe ici, on est au mois de mai, il serait peut-être temps de rentrer, lui a-t-elle écrit dans son dernier mail, bien plus long que les précédents.

Car elle veut bien expédier les affaires courantes, aucun problème. Répondre au téléphone, tenir à jour leur site, parler aux artistes inquiets dont on a déjà déplacé deux fois le vernissage, revoir les invitations et leur *Gazette d'or*, le tract A3 recto-verso qu'elles publient pour chaque exposition et auquel elles apportent un soin tout particulier. Elle veut bien s'occuper des ventes aussi, même si ce n'est pas son domaine de prédilection. Mais il y a leur projet autour d'une couleur, qui ne s'improvise pas au dernier moment, lui semble-t-il. C'était quand même une idée de Nastia : monter une exposition par an autour d'une couleur. Il leur a fallu bien plus de six mois pour préparer Le Vert, en réunissant six artistes dont une créatrice textile, un photographe, deux peintres et un plasticien, ce qui n'était pas une mince affaire. Après avoir mis à l'honneur le vert avec l'installation de la forêt dans la première pièce, une forêt de fougères, elles devaient passer au rouge. Le Rouge à la galerie OR. C'est ce qu'elles ont décidé. Alors il faut peut-être se retrousser les manches, non ? Revoir la liste des artistes, trouver un fil rouge justement, comme elles l'ont fait pour Le Vert, qui ne se voulait pas un vert paisible des prairies, mais un vert moderne, conquérant, conflictuel… Ou, comme elles l'ont écrit dans leur gazette : le vert n'est plus une couleur, c'est un concept.

Ce sera quoi, leur rouge ? Une couleur politique, parce

que tout acte artistique est en un sens aussi politique. Même Rothko est politique. Et aujourd'hui, dans ce monde chaotique, encore plus. Une couleur de la destruction, de la guerre, du feu qui avale les forêts et laisse derrière lui des paysages d'apocalypse et de désolation ? Ou au contraire le rouge du courage, malgré tout et contre tout ? De la musique tzigane, oui, oui, elles pourraient faire quelque chose avec les Tziganes, depuis le temps qu'elles en parlent !

Est-ce qu'elle a réfléchi un peu ? Parce qu'il faut se réveiller, Nastia, je compte sur vous. Et je ne suis pas la seule, il y a M. Grotowski qui voudrait vous voir. Il téléphone au moins trois fois par semaine et ne veut pas dire pour quoi. Il veut juste savoir si Mme Nastia rentre bientôt. Voilà les dernières nouvelles et je fais exprès de ne rien dire du virus, vu que tout le monde en parle. Prenez soin de vous et revenez vite.

Il y a la *sorella* aussi. Elle voudrait bien savoir ce qui lui a pris de venir ici et de raconter des choses sur elle au premier barbu qui lui a ouvert la porte. C'est vrai qu'elle ne l'a pas appelée depuis qu'elle a emménagé chez Marko, et qu'elle n'est pas passée la voir comme elle le lui avait promis. Mais elle n'a appelé personne, même pas Sigrid. Ce n'est pas une excuse, elle sait bien. Ce n'est pas non plus une raison pour débarquer ici et raconter des choses sur elle à un parfait inconnu.

Et puis il y a ses filles. Si elles n'appellent pas, ça ne veut pas dire qu'elle, de son côté, ne peut pas le faire. C'est ce qu'elle leur répétait quand elles étaient petites : si quelqu'un vous fait une chose qui ne vous plaît pas, vous n'êtes pas obligées de rendre la pareille. Elle ne sait même pas pourquoi elle insistait tellement, surtout auprès de Nino, facilement rancunière et vindicative. Elle va lui passer un coup de fil même si elle sait d'avance qu'elle ne répondra pas. C'est ce qu'elle fait depuis deux ans et demi : elle ne répond pas. Je vais plutôt lui envoyer un texto pour dire que je suis à Ljubljana et que je pense à elle.

Mais il faut d'abord récupérer son téléphone, se dit-elle en se levant pour aller prendre un verre d'eau et se préparer un café.

Mais il est déjà fait. Il reste la moitié de la cafetière sur la table, avec sa belle tasse bleue et son téléphone, posé à côté.

20

Ce n'était pas un début de répit, d'accalmie, encore moins une embellie.

Au bout d'une heure, une heure et demie, après avoir pris son petit déjeuner, fait la vaisselle, arrosé le citronnier, pris une douche, s'être lavé les cheveux et s'être habillée...

Au bout d'une heure, une heure et demie donc, ça a recommencé de plus belle : la douleur en haut de l'estomac, la sensation d'arrachement, le sentiment d'être inutile, le temps qui refuse de bouger.

Tout ce qu'elle s'était dit là-haut, sur son banc, près de la place de la Révolution française – arrêter de se tourmenter, de penser à lui et de ne pas dormir – n'a donc servi à rien ?

À rien du tout ?

Son rêve stupide à la patinoire ne lui a-t-il pas ouvert les yeux, un peu, un tout petit peu ?

Elle serait donc, tête dure, tête dure, tête dure... exactement au même point que le soir où elle a débarqué chez la *sorella* après un voyage on ne peut plus absurde via Amsterdam pour aller à Ljubljana ?

Retour à la case départ ?

C'est ça, Nasti ?

Dis !

Mais non, il n'y a rien à dire.

Rien.

Alors elle n'a pas répondu à Sigrid.

Elle n'a pas écrit à Nino non plus, ni téléphoné à Dora.

Ça pouvait attendre.

Ça pouvait attendre encore un jour ou deux, de toute façon, il faudra bien qu'elle prenne une décision.

Car elle ne va pas rester indéfiniment ici, en face de la vieille usine éventrée aux ouvertures béantes, abandonnée, en attente de démolition…

Parce qu'il fallait le faire quand même.

Louer un appartement en face de cette immense ruine, ses tas de ferraille et de gravats, et avec une photo de statue mortuaire sur une étagère, à trois pas de l'université Sigmund-Freud.

Et depuis quelques jours, cohabiter avec un Belge qui s'appelle Tobias, qui laisse traîner ses affaires partout, dans l'entrée, dans la salle de bains, et garde un gros pack de bières au frigidaire.

Ça suffit.

Ça suffit comme ça.

Ça a assez duré, ça ne rime plus à rien, Sigrid a raison.

Pas la peine d'en faire tout un chapitre, non ?

Il faut qu'elle retrouve sa vie à Paris, ses filles, son Faubourg, sa galerie, la couleur rouge…

Même M. Grotowski, son collectionneur préféré, celui qui lui achète régulièrement des œuvres, et l'invite chez lui pour leur trouver une place et lui offrir une coupe de champagne à l'occasion.

Il sera content de la revoir, et elle aussi.

21

Je ne vais pas errer indéfiniment dans cette ville non plus, se dit-elle l'après-midi, assise devant une bière à une terrasse non loin de la place Prešeren et de la statue du poète, là où elle a pleuré à côté du jeune homme complètement dépassé par sa réaction.

Elle l'a assez vue. Elle n'a jamais autant déambulé dans Ljubljana, ne faisant que ça du matin au soir. Certes, elle n'a pas fait un tour au cimetière, sur les tombes de son père et de sa mère, séparés, chacun de son côté, comme dans la vie. Elle n'est pas allée non plus voir son église préférée, à l'extérieur de la ville – de Plečnik, qui d'autre – et n'est pas montée sur le toit du Nebotičnik, le vieux gratte-ciel Art déco des années trente, le meilleur endroit pour prendre un verre la tête dans les nuages.

Mais elle n'est pas une touriste, comme l'a dit Marko le jour où elle s'est installée chez lui, pense-t-elle en prenant une grande gorgée de bière.

Voici la seule chose qui a changé depuis qu'elle est à Ljubljana : depuis deux jours, les magasins et les terrasses sont de nouveau ouverts.

La sienne est bondée comme si les gens n'attendaient que

ça, pouvoir sortir en ville. Ils sont là, à bavarder, à rire, à siroter de la bière pour la plupart. Elle en a commandé une, elle aussi : il était trop tard pour un café et trop tôt pour un verre de vin ou autre chose, et puis elle avait envie de faire comme les autres. Et elle se demande si elle ne va pas en prendre une autre, histoire de rester encore assise à cette table, d'observer tous ces visages inconnus autour d'elle, et de sentir cette vague d'alcool, douce et légère, monter en elle.

Oui, elle va en prendre une autre, s'il vous plaît, la même chose, dit-elle à la jeune serveuse qui s'approche.

La lumière décline, prenant de plus en plus de consistance et de couleur. Les nuages, légers et vaporeux sur un ciel bleu, se colorent de mauve et de jaune. Après deux journées de pluie, l'air est plus frais et plus net. Si elle ne bouge pas, elle va avoir froid avec juste son petit pull et sa jupe tzigane.

Elle va se lever et aller voir ce qui se passe sur la grande artère de la ville. Il lui semble entendre une clameur au loin, doublée d'un bruit strident. Il lui faut juste décider si elle fait un long détour par Zvezda, le parc des vieux platanes qu'elle aime particulièrement à cette heure-ci, ou bien si elle passe par la rue commerçante qu'elle n'aime à aucun moment de la journée, disgracieuse et quelconque avec ses enseignes mondialisées comme H&M, Mango ou Zara qui ont depuis longtemps remplacé les endroits qu'elle connaissait bien, le café Slon où on pouvait manger sur le pouce, une boutique de chaussures d'une marque slovène, ou le célèbre Daj-Dam un peu plus haut, qui restait ouvert tard et où on pouvait commander une saucisse à minuit. Si elle devait dresser une liste des rues à éviter dans cette ville, celle-ci prendrait la toute première place.

Pourtant ce n'est pas facile de la contourner, voilà pourquoi il y a toujours autant de monde. Il faut dire que les gens n'ont rien contre ce genre de laideur, au contraire, ils doivent aimer ça, ces vitrines criardes, ces tas de vêtements bon marché, fabriqués à l'autre bout du monde, ces fast-food aux noms américains même quand ils sont slovènes, ces publicités pour des produits de luxe…

Arrivée à la poste, en face de la rue qui mène à Tivoli – assurément la plus belle perspective de la ville –, elle s'arrête.

C'est donc ça, cette clameur qu'elle entendait au loin, ce flot de bicyclettes en train de s'écouler devant ses yeux dans la rue principale de la ville. Des gens de tous les âges, jeunes, vieux, même de grands enfants, portant un masque pour la plupart, faisant du bruit avec les sonnettes de leurs vélos ou des sifflets qu'ils ont autour du cou. Une foule de visages inconnus qu'elle regarde, intriguée, défiler devant elle. Ce jeune homme aux cheveux presque blancs déjà et à la barbe d'une semaine. Ou celui-ci, on dirait un vieux hippie, avec ses sandales et ses longs cheveux maintenus en queue-de-cheval. Ou cette belle blonde en combinaison de travail, sourire rayonnant. Ou cette femme âgée, cheveux courts gris et petit chien dans le porte-bagages… Et lui, un vrai gentleman, moustache et petit foulard autour du cou, sur un vélo de la ville.

Soudain elle entend quelqu'un crier son nom.

— Nastia ! Nastia !

A-t-elle bien entendu ? Elle regarde autour d'elle, mais ne voit pas qui peut bien l'appeler.

— Nastia !

Si, elle voit. Elle ne le reconnaît pas tout de suite parce

qu'il porte un masque. C'est Marko qui vient de s'arrêter à bicyclette devant elle.

— Vous voulez nous rejoindre ? Je vous y amène si vous voulez. Venez !

Elle fixe son vélo, incrédule, ébahie, comme si elle ne comprenait pas bien. Pourtant c'est clair, non, surtout qu'il vient de s'approcher du trottoir pour qu'elle puisse se hisser plus facilement sur la barre de son vélo.

— Préparez votre masque, on ne sait jamais avec la police. Tous les prétextes sont bons pour nous faire payer des amendes ! dit-il.

Elle ferme les yeux. Elle doit se pincer pour le croire. Il y a quelques instants encore, elle était au bord de la rue, observant tous ces visages qui passaient devant elle. Et maintenant, elle roule avec eux sur la grande artère de la ville, dans ce boucan de sonnettes et sifflets, sous le ciel en train de se colorer au loin.

Soudain elle sent un éclair de joie, le premier depuis longtemps, comme si quelque chose s'éclaircissait à l'horizon, devenait plus net, plus vivant. La joie de faire partie de ce flot tonitruant, la joie d'être ici, la joie tout court. Les deux bières y sont certainement pour quelque chose, mais peu importe.

— Ça va ? demande Marko en se penchant vers elle.

Elle fait oui avec la tête.

— Et avec Tobias, ça va aussi ?

Elle acquiesce de nouveau.

— Il peut rester alors ?

Elle n'a pas envie de parler, pas de Tobias, pas maintenant. Elle veut juste continuer à rouler avec lui sur son vélo, observer tout ce monde autour d'elle et imaginer ce que diraient ses filles si elles la voyaient. Ou Dora, ou même François – non, non, pas lui, pas François.

Si elle pouvait, si elle n'avait pas ses deux mains sur le guidon, elle sortirait son portable. Il y a un tas de photos à prendre. La jolie blonde en combinaison bleue… Le jeune homme aux cheveux blancs… Ou le gentleman à moustache… Puis eux, bien sûr, Marko qui pédale, et elle sur la barre devant lui, ensemble dans ce même flot vivant.

— On va s'arrêter là. Vous pouvez continuer à pied jusqu'à la place. Il y a la police là-bas, tout un cordon qui nous attend. Ce n'est pas la peine de provoquer inutilement.

S'arrêter ? Déjà ? Elle voudrait continuer à rouler avec lui, même si elle commence à avoir mal au dos à force de se tenir en équilibre sur sa barre.

— On veut éviter la violence, nous ne sommes pas là pour ça. Nous sommes là pour dire non. Non à ce gouvernement et à tout ce qu'il représente. Non à ce monde qui part à vau-l'eau…, continue-t-il quand elle descend.

22

Est-ce que, sans Marko, elle se mêlerait à tous ces gens amassés sur l'immense place devant le Parlement ? Est-ce qu'elle irait s'asseoir à côté d'une femme âgée au brushing impeccable et au beau profil songeur, sur une marche devant la sculpture monumentale, le meilleur endroit pour bien voir ce qui se passe sur la place : les deux derniers tours des vélos, la musique qui jaillit soudain d'un triporteur transportant la sonorisation, puis un cordon de police en tenue de robocop en train de s'installer en rang serré au bord de la place, devant le Parlement.

Est-ce qu'elle se lèverait pour se rapprocher de la scène improvisée au pied de cette même sculpture qui borde l'esplanade, pour écouter un jeune homme au visage pâle et aux fines lunettes métalliques, visiblement l'un des organisateurs du mouvement, prendre la parole et rappeler, avec un mélange de fougue et de calme, pourquoi ils sont là tous les vendredis depuis des semaines – nous, les citoyens actifs qui ne nous réclamons d'aucun parti politique, mais exigeons que la politique se réclame de nous et nous rende des comptes – avant d'inviter sur scène une jeune femme blonde, une syndicaliste, puis le poète, celui qui récitait ses poèmes sur cette même place le jour où il a neigé, puis un autre poète – un peuple de poètes, les Slovènes – et enfin un chanteur avec sa guitare, une sorte de Vissotski slovène à la voix splendidement rauque.

Est-ce qu'elle se déplacerait dans la foule pour continuer à observer tout ce monde autour d'elle et croiser des regards inconnus et proches à la fois ? Un couple âgé, enfin, pas tellement plus âgé qu'elle, se tenant bras dessus bras dessous, lui souriant, la saluant même comme s'ils se connaissaient. Un autre couple, tapant dans ses mains au rythme de la musique. Une femme entre deux âges, seule, mains dans les poches, visage rond, fatigué. Et plus loin, un petit groupe de jeunes qui bavardent, contents de se retrouver là, parmi lesquels une jeune femme portant une jupe courte et des bottes, on dirait celle qu'elle a rencontrée sur son banc, mais ce n'est pas elle, non. Puis ce jeune homme sérieux, vélo rouge dessiné sur son tee-shirt, regardant droit devant lui, portant un drapeau slovène sur l'épaule.

Sans Marko, elle aurait probablement passé son chemin : elle n'est pas venue à Ljubljana pour manifester, n'aime pas particulièrement les foules et ne pourrait jamais porter un drapeau, qu'il soit slovène ou français.

Ce qui ne veut pas dire qu'elle est indifférente à ces moments passés sur la grande place, d'ailleurs il faut qu'elle appelle Zarja pour le lui raconter, se dit-elle en traversant le parc de vieux platanes, celui où elle a rencontré son père, et qui est très beau ce soir avec la lumière des lampadaires et les grands arbres en silhouettes muettes.

Ce n'est qu'une fois à la maison, en se lavant les mains dans la salle de bains et en jetant un coup d'œil à son visage dans le miroir – fatigué et rayonnant à la fois, lui semble-t-il, malgré cette ombre sur la joue, visiblement installée là pour de bon – qu'elle se rappelle qu'elle n'a pas fait de courses : elle n'a plus de pain, presque plus de beurre et aucune idée de ce qu'elle va pouvoir manger ce soir.

Bien qu'elle n'ait pas vraiment faim. Pas pour le moment. Pour le moment, elle a envie de se poser sur le canapé, laisser décanter ses pensées et regarder dans la nuit devant elle.

Sauf que Tobias, encore lui, y est étendu de tout son long, dans sa pose habituelle, les mains croisées sur la poitrine.

— Je ne vous dérange pas ? demande-t-elle, soudain contrariée, irritée même.

— Je viens de rentrer, moi aussi, dit-il, se relevant pour lui laisser de la place à côté de lui.

Elle ne sait pas ce qui lui prend. Elle n'aime pas sa façon d'être à l'aise dans cet appartement, d'être là, sur ce canapé, quand elle voudrait y être seule. Elle n'aime pas non plus comment il la regarde, comme s'il voulait savoir quelque chose d'elle, comme s'il le devinait même. Même son sourire, elle ne l'aime pas.

— Vous voulez boire une bière avec moi ? demande-t-il.

— J'en ai déjà pris deux.

— Deux ? Vous n'en voulez pas une troisième ? insiste-t-il, malicieux.

Elle fait non avec la tête, un non hésitant toutefois, un non qui peut changer d'avis.

— J'ai acheté un peu de fromage, un saucisson, des cornichons… Du bon pain. Ça vous dit ? Vous vous mettez là, vous ne bougez pas, j'apporte tout. Un pique-nique, propose-t-il, sourire prudent.

Un pique-nique ? Il a dit pique-nique ? Un pique-nique sur le tapis ?

— Non plus ? fait-il, avant qu'elle ait eu le temps de répondre quoi que ce soit.

Elle reste encore quelques instants devant lui, se demandant ce qu'elle peut bien dire pour faire volte-face sans que ça fasse volte-face justement.

Parce que finalement, si, elle voudrait bien pique-niquer avec lui, s'asseoir par terre, picorer un peu de fromage, de saucisson et de cornichons, et lui raconter comment Marko l'a embarquée sur son vélo, comment ils ont roulé parmi d'autres cyclistes pendant que le ciel rougissait à l'ouest. C'était quand même assez inoubliable.

— Je vais me coucher, finit-elle par marmonner, presque en chuchotant.

— Et votre téléphone ? Vous le gardez avec vous cette nuit, c'est ça ? demande-t-il.

Elle lui jette un dernier coup d'œil, dépité et déçu à la fois. Voilà ce qu'on peut appeler une fin de soirée ratée, se dit-elle en tournant les talons et en quittant la pièce.

23

J'aurais dû m'asseoir et prendre une bière avec lui, une troisième et même une quatrième, pourquoi pas… J'aurais dû accepter de manger quelque chose, simplement, sans manières, sans tergiverser, d'autant plus que je commençais à avoir faim. Et surtout, surtout… j'aurais dû lui laisser ce téléphone.

Voilà ce qu'elle se répète plus tard quand elle éteint la lumière et cherche à s'endormir. Car ce maudit appareil, même éteint, même caché sous le lit, est le dernier fil qui la relie encore à François : s'il veut, il peut toujours l'appeler ou lui envoyer un message.

Mais pourquoi, tête dure, le ferait-il ?

Parce qu'il lui arrive encore de penser à elle, ne serait-ce que quand il met sa chemise bleue avec de minuscules fleurs blanches, celle qu'elle lui a offerte pour son anniversaire, le dernier qu'ils ont fêté ensemble : quand il met sa chemise bleue, car il doit continuer à la mettre, c'était sa préférée, celle qui lui allait le mieux, il ne peut pas ne pas penser à elle. Ou quand il passe devant le miroir ovale dans l'entrée de son appartement – et il y passe au moins deux fois par jour – il ne peut pas non plus ne pas se rappeler l'histoire de ce miroir, et quelle histoire, pour elle, en tout cas, qui l'a trouvé chez un brocanteur de son quartier et a réussi à l'acheter même s'il était déjà vendu, l'a apporté chez lui, les yeux brillants, et a voulu l'installer tout de suite, sans attendre, à cette place où il est encore aujourd'hui. Ou quand il boit son café le matin, pareil, c'est forcément dans une des tasses qu'ils ont achetées ensemble. Ou quand il va sur son balcon et qu'il arrose ses plantes, il doit bien arroser aussi toutes celles qu'elle lui a apportées, non ?

Et elle pourrait continuer avec la grande toile dans son salon, ou les dessins d'une artiste norvégienne, amie de Sigrid, qu'elle lui a offerts, ou les deux coupes à champagne, celles qu'ils prenaient avec eux quand ils allaient dormir à l'hôtel pour se faire une soirée de gala à deux. Ou simplement en passant devant ce même hôtel. Ou tous les autres endroits dans Paris, le feu rouge sur l'avenue Daumesnil où ils se sont embrassés la première fois, les restaurants qu'ils ont découverts ensemble, le café allemand où ils avaient leurs habitudes, les tilleuls sous lesquels ils se promenaient rituellement au mois de mai…

Mais ce n'est pas une question d'objets, d'œuvres d'art, de plantes ou d'endroits à Paris qui sont tous d'une manière ou d'une autre liés à eux et font partie de leur géographie intime.

Elle, de son côté, n'a rien de lui ici, elle est à mille deux cent cinquante kilomètres de tous ces lieux qui ont été à eux, et pourtant elle n'arrête pas de penser à lui, même quand elle ne le veut pas, enfin, la plupart du temps, elle ne le veut pas, comme ce soir, non, non, non, elle veut s'endormir et oublier.

Alors soudain, elle sait ce qu'il faut faire. Elle rallume,

active son téléphone, va chercher son nom tout en bas de l'écran. Elle va l'effacer, c'est facile, d'ailleurs, elle aurait pu y penser plus tôt.

Trois petits clics et il n'y a plus rien de lui dans cet appareil. Plus aucun message disant bonjour, mon amour, ou bonne nuit, dors bien, mon cœur, plus de pensées volantes, plus de réflexions sur l'état du monde. Plus de discussions, plus de citations, plus de notes d'aucune sorte. Plus de photos non plus.

Et surtout plus aucun *comme la mer aime...*

Aucun. *Supprimer tous les messages. Supprimer le contact.* Plus rien. Table rase. Fini.

Non, non, *annuler*!

Elle ne peut pas s'en séparer, pas comme ça, pas sur un coup de tête au milieu de la nuit. Elle veut les garder encore un peu avec elle, tous ces *comme la mer aime le menu gravier de ses profondeurs...*

Repli nostalgique d'une perte qu'elle n'arrive pas à perdre ? Ou bien besoin de garder des souvenirs, toutes sortes de souvenirs, pas juste des photos et des messages : cailloux, coquillages, pommes de pin, marrons sauvages, boutons de chemise, une chaîne en or... tout ce qu'elle avait déposé dans une boîte en carton depuis des années, qu'elle pourrait peindre en noir ou en doré, et exposer dans son salon, telle une Louise Nevelson.

Elle éteint, se déplace de l'autre côté du lit, intouché et frais, pour essayer de recommencer la nuit à zéro, comme si elle venait de se coucher.

Au bout d'un moment, elle rallume de nouveau. Il faut bien qu'elle le fasse : il faut qu'elle l'efface une fois pour toutes.

Puis elle se lève, enfile ses chaussettes, son cardigan et va dans la cuisine. Elle ne sait pas quelle heure il est et ne veut surtout pas le savoir.

Dehors, l'obscurité s'étale comme une mer. Une mer à perte de vue, avec des petites lumières à l'horizon. Elle fait chauffer du lait, le verse dans une tasse, y ajoute du miel. C'est en se dirigeant vers le salon qu'elle découvre que la lampe est restée allumée. Est-il toujours là ? Ou bien a-t-il oublié d'éteindre ? Ou peut-être s'est-il endormi sur le canapé ?

Il est assis à la même place que tout à l'heure. On dirait qu'il n'a pas bougé. Il a dû le faire pourtant : il porte un pull et un survêtement à la place de son jean. Son cahier sur les genoux, ses écouteurs à côté de lui, il est en train d'écrire. Ou plutôt de prendre des notes, comme il dit. Ou de rêvasser, tout simplement.

— Vous êtes encore là ?

Il ne répond pas, comme s'il voulait prolonger le silence et la laisser seule au milieu du salon avec son lait.

— Je ne vous dérange pas ? demande-t-elle, avec bien plus d'égards qu'en début de soirée.

— Vous voulez vous asseoir à côté de moi, c'est ça ? dit-il enfin, se déplaçant un peu et posant ses écouteurs et son cahier par terre.

Sa tasse à la main, elle s'approche et s'assied du côté de la lampe, dont l'abat-jour noir dessine un cercle lumineux plus vif sur ses jambes et ses pieds. C'est la première fois qu'ils se retrouvent ensemble sur le canapé : chacun de son côté, mais ensemble.

— Qu'est-ce qui vous arrive ? demande-t-il quand elle a fini son lait et déposé la tasse par terre.

— Rien.

— Rien ?

— Rien de nouveau, en tout cas. Je ne peux pas dormir, vous voyez bien.

— Je vois…

— J'aurais dû vous laisser mon téléphone tout à l'heure.

— C'est encore votre chagrin d'amour, c'est ça ?

Surprise, elle ne sait pas comment répondre. Elle ne s'attendait pas à cette question. Heureusement, elle ne distingue pas bien son visage dans la pénombre, et lui non plus ne doit pas bien distinguer le sien.

— Parce que vous attendez toujours quelque chose de celui qui vous a quittée lâchement, d'un jour à l'autre ?

À celle-ci non plus. Pourtant c'est bien elle qui lui a dit cette phrase, elle se souvient bien, quand il lui a raconté la visite de Dora et qu'elle s'est mise en colère.

— En fait, c'est le rêve de tout mec égoïste, dit-il.

— Quoi ? demande-t-elle.

— Pouvoir quitter une femme sans conséquences. Sans conséquences pour lui, bien entendu.

Il lui semble qu'il y a un écho dans la pièce, que quelqu'un répète après lui : le rêve de tout mec égoïste… pouvoir quitter une femme… sans conséquences.

— On dirait que vous savez de quoi vous parlez, dit-elle enfin, à peine audible.

— J'ai une longue liste de choses dont je ne suis pas spécialement fier. Les hommes sont bien plus lâches que les femmes, vous devez bien le savoir.

Elle baisse le regard sur ses mains qui tremblent légèrement.

— Alors que les femmes, elles, ne font pas semblant. Vous, en tout cas, vous ne faites pas semblant. Je vous observe depuis que je suis là. Vous vous montrez telle que vous êtes, sans fard… Même votre corps parle pour vous. Vous ne trichez pas.

Elle continue à scruter ses mains. Bien sûr que si, elle triche. Elle fait tout pour éviter de penser aux choses qui lui font mal. L'histoire avec la clé de son appartement, François qui passe chez elle le lendemain de leur conversation téléphonique pour la lui rapporter, et elle qui lui demande de venir se coucher à côté d'elle dans son lit. Elle ne veut pas y repenser, comme si ce dernier acte n'existait pas, comme s'il n'avait pas eu lieu. Pourtant, à y réfléchir un peu, un tout petit peu, leur histoire ne pouvait se terminer que comme elle avait commencé : couchés l'un à côté de l'autre. La vie a bien plus d'ironie qu'on ne le croit. C'est une variation sur le thème.

— Si. Je me raconte des mensonges…, dit-elle enfin.

— Vous connaissez quelqu'un qui ne le fait pas ? Qui ne cherche pas à trouver toutes sortes de justifications et d'alibis à ses actes ? Qui ne se ménage pas ? Qui n'essaie pas de se voir meilleur et plus beau qu'il n'est en réalité ? Ou, comme vous dites : qui ne se raconte pas de mensonges ?

Il lui semble de nouveau que les mots résonnent différemment la nuit. Que le silence est plus profond et ce salon bien plus vaste que le jour, qu'il se prolonge dans la nuit et que la lumière tamisée de la lampe les éclaire et les cache à la fois.

— C'est vrai que vous allez écrire sur les manifestations à vélo ? demande-t-elle, avec un peu plus d'animation dans la voix.

— Vous voulez changer de sujet de conversation, c'est ça ?

— C'est ça.

Elle ramène ses jambes vers elle. Il fait froid. Elle n'est pas assez habillée avec juste sa chemise de nuit et un petit cardigan. Elle est fatiguée aussi, ne tient plus debout. Et ne veut plus penser à quelqu'un qui a une autre vie maintenant, loin de la sienne, et ne doit certainement pas se casser la tête avec elle.

— J'y étais tout à l'heure, dit-elle.

— Je sais. Je vous ai aperçue sur la place devant le Parlement.

— C'est vrai ?

— Vous étiez en train de prendre des photos avec votre téléphone.

— C'est ce que j'ai aimé le plus. Les visages des gens. Des gens très différents. Très photogéniques parce que tout sauf indifférents.

— J'allais vers vous, puis je vous ai perdue de vue. J'aurais eu besoin de vous.

— Besoin de moi ?

— Oui.

— Pourquoi ?

— Parce que je vais effectivement écrire sur le mouvement des protestations cyclistes. J'ai commencé à rencontrer des gens. Des journalistes, un historien, une sociologue, et puis ceux qui sont proches de l'organisation du mouvement. Mais je voudrais aussi laisser de la place aux personnes anonymes. Savoir pourquoi elles sont là tous les vendredis depuis bientôt un an. Et comme je ne parle pas slovène… Vous voyez ce que je veux dire ?

— Je crois, oui.

— Vous voulez bien ?

— Je ne sais pas si je vais rester ici. Il faut que je rentre à Paris. Mais on peut en reparler demain si vous voulez…, dit-elle, sentant soudain ses paupières se fermer toutes seules.
— Un café en ville alors ? demande-t-il.
— Un café en ville, acquiesce-t-elle.

24

Un café en ville. Elle ne dit jamais « un café en ville ». C'est peut-être belge. Ou bien ça va avec ces temps de cohabitation avec le virus où il ne va plus de soi d'aller prendre un café en ville.

Ce matin, donc, elle va prendre un café en ville, le premier depuis qu'elle est là. Au-dessus de la ville, pour être encore plus précise. C'est à vous de choisir l'endroit, a-t-il dit hier soir avant d'aller se coucher, vous connaissez la ville bien mieux que moi. Elle lui a donc donné rendez-vous en haut du Nebotičnik, d'où par beau temps on voit tout Ljubljana et les Alpes au loin.

Il fait beau, un ciel bleu clair avec quelques nuages rapides et une lumière vive, printanière qui donne mal aux yeux. C'est la première fois depuis son arrivée qu'elle s'est habillée un peu, c'est-à-dire qu'elle n'a pas enfilé la première chose qui lui tombait sous la main, sa jupe tzigane et son pull noir. Finalement si, elle a mis sa jupe tzigane, mais avec un tee-shirt blanc et sa veste en daim, puis elle s'est maquillée et a attaché ses cheveux, ce qui lui a donné l'impression de sortir même si c'était juste pour aller prendre un café en ville.

C'est la première fois aussi qu'elle marche aussi vite, qu'elle se dépêche même, car elle n'est pas en avance. Elle a fait un détour par le cabinet de la *sorella*, voulant lui faire une surprise, la voir un petit moment entre deux patients, puis elle a changé d'avis. Curieux, parce que pendant toutes ces journées où elle ne savait pas quoi faire de son temps et qu'elle tournait en rond, elle n'y avait pas pensé. Et ce matin, où elle y pense, où elle a fait même tout ce chemin jusqu'à son cabinet pour la voir, elle découvre soudain qu'elle n'a pas le temps parce qu'elle ne veut pas être en retard à son rendez-vous avec Tobias.

Nebotičnik, le vieux gratte-ciel des années trente, n'est plus tellement loin. Elle est passée devant l'immense hôtel Union, exemple parfait de l'Art nouveau avec ses vitraux et ses motifs floraux, puis a remonté une petite rue commerçante qui garde quelque chose de désuet, pas encore envahie par les enseignes à la mode. Et la voilà sur l'ex-rue Tito, majestueuse et fière sur une centaine de mètres, avant de se retrouver à l'entrée d'un bâtiment tout aussi majestueux avec ses statues en marbre et son bel escalier en colimaçon.

Quinze minutes de retard, se dit-elle dans l'ascenseur qui ne monte pas assez vite à son goût. Dix-sept, dix-huit… le temps de trouver la porte de l'escalier qui mène à la terrasse et de le trouver, lui, Tobias, à une des tables devant la paroi vitrée. Sauf qu'elle ne le voit pas. Elle fait le tour de la terrasse, cherche parmi les gens qui sont là, assez nombreux d'ailleurs, à profiter du soleil et de la vue, d'autant plus que l'intérieur du café est fermé.

Non, il n'est pas encore là. Elle s'est dépêchée pour rien.

Mais peu importe. Elle va choisir une table, celle-ci, d'où on voit le Château bien en face et la vieille ville serrée en dessous, le Triple Pont et l'église qui donne sur la place Prešeren, et s'installer tranquillement.

L'air est vif et encore frais malgré le soleil. Les couleurs sont vives aussi, rien à voir avec le gris parisien à perte de vue.

C'est donc ça, sa ville natale. Cette couleur framboise de l'église des Franciscains. Ce gris clair du marbre du Triple Pont. Ce rouge terre de Sienne des toits. Cette palette des verts, allant du vert sombre de la colline du Château au vert bouteille de la rivière, en passant par celui, tendre et revigorant, des châtaigniers de Tivoli. Ce blanc scintillant de la neige qui reste accrochée sur les sommets des montagnes au loin.

— Qu'est-ce que je vous sers, madame ? demande le serveur en pantalon noir et chemise blanche.

— Je ne sais pas encore... J'attends quelqu'un.

— Aucun problème. Je reviens dans un moment, dit-il, inclinant la tête, sourire serviable.

Elle sort ses lunettes de soleil. Son crayon. Son vieux carnet où elle a l'habitude de noter ce qui lui passe par la tête, des choses à ne pas oublier, des bouts de conversation avec Sigrid, des numéros de téléphone, des adresses, des noms, des pensées, des images, des sensations virevoltant très haut dans le ciel comme des flocons de neige, et qui atterrissent là, dans ce cahier, avant de s'évanouir dans l'oubli... *En attendant Tobias.* Voilà ce qu'elle pourrait écrire. *Observant les couleurs de Ljubljana en attendant Tobias.*

Qu'est-ce qu'il fait d'ailleurs ? Il va être bientôt midi et demi. Elle ne va pas passer sa journée ici, à observer les couleurs de la ville en dessous et à attendre un certain Tobias, surtout que c'est lui qui a proposé de prendre un café avant de se quitter, hier soir.

Ce matin, en se réveillant, elle ne l'a pas entendu s'affairer dans la cuisine, ni prendre une douche ou se laver les dents dans la salle de bains. Aucun bruit ne venait de sa chambre non plus. Il ne devait pas être là, a-t-elle pensé, s'attardant un long moment devant la porte de sa chambre, puis l'ouvrant avec précaution, sans faire de bruit.

Non, il n'était pas là.

Elle est entrée. Ça sent Tobias, a-t-elle pensé sans savoir vraiment ce que ça voulait dire. Un lit vite fait, un jean et un tee-shirt qui traînent sur le fauteuil à côté de la table, une paire de tennis en dessous. Un verre avec un peu d'eau, un livre, une boîte de médicaments sur la table de nuit. Un ordinateur, deux autres livres, de Karl Ove Knausgaard les deux – un Norvégien à lire toutes affaires cessantes d'après Sigrid –, puis un autre, *L'homme révolté*, de Camus, bien entendu, sur la table qui sert de bureau. Son cahier, tout chiffonné. Elle l'a pris en main, l'a ouvert à la première page, juste pour voir sa graphie : elle est toujours curieuse de la graphie des gens qu'elle rencontre.

La sienne est rapide, légèrement penchée, énergique, mais aussi lyrique, poétique. *Les cycles de la révolte.* Ça doit être le titre, se dit-elle en refermant le cahier et le posant à sa place sur la table.

Il sait beaucoup plus de choses sur elle qu'elle n'en sait sur lui, se dit-elle en repensant à leur conversation nocturne. Il connaît même sa sœur. Qui sait ce qu'elle a pu lui raconter pendant qu'elle était assise dans la cuisine avec lui ?

Et elle, de son côté, que sait-elle de lui ? Rien, à part le fait qu'il vit à Bruxelles, qu'il est journaliste et choisit lui-même ses sujets, comme ce mouvement de protestation slovène qui semble lui tenir à cœur, au point de venir s'installer ici, pour quelque temps du moins. Qu'il aime l'opéra, qu'il mange trop vite et lit un auteur norvégien dont elle a vu au moins deux livres dans sa chambre ce matin.

Et que visiblement, ça ne le gêne pas trop d'être en retard à ses rendez-vous ou peut-être même, tout bonnement, de les oublier.

— Toujours toute seule ? Vous ne voulez pas prendre quelque chose en attendant ?

25

Si, elle veut bien un café. Un café avec un peu de crème et un verre d'eau. Elle va boire son café – elle aurait dû commander un gâteau avec –, jeter un coup d'œil sur son courrier électronique et passer un coup de fil. Elle voulait le faire hier soir en rentrant, puis finalement, ce n'était pas le moment. Et ce matin, ce n'était pas le moment non plus.

— Zarja…

— Oh, c'est toi, Nasti ! Comment vas-tu ? Tu es toujours à Ljubljana, dis-moi ?

Ça fait du bien d'entendre sa voix. Une voix reconnaissable entre mille, souple, douce, intelligente, légèrement voilée par la cigarette. Drôle, généreuse, chaleureuse. Désabusée, lucide, mélancolique. Radiophonique. Et nostalgique, forcément, pour elle, en tout cas.

— Oui. Tu veux savoir où je suis ? Là, maintenant ? Tu ne devineras jamais. Tu peux donner tout de suite ta langue au chat.

— Ça y est, c'est fait. Dis-moi…

— Ça n'a pas l'air d'aller, toi. Comment va ton père ?

Elle l'entend marcher, puis allumer une cigarette et inspirer longuement la première bouffée.

— Si tu me l'avais demandé hier, je t'aurais dit : bien. Très bien même, pour quelqu'un dans son état. On a fait une petite promenade dehors, un joli dîner. On a même allumé une bougie… Puis ce matin, ça ne va plus du tout. Je parle de moi. Je me demande si j'ai bien fait de l'amener ici.

— Mais oui, bien sûr. Je ne connais personne qui ferait quelque chose comme ça pour son père.

— Non, tu te trompes, Nasti. Tu te trompes complètement. Il serait bien mieux chez lui.

— Je ne le crois pas. Je ne sais pas pourquoi tu dis ça. C'est une vraie preuve d'amour de ta part.

— Oh, non ! Ce n'est pas ça. Ce n'est pas ça du tout…

— Qu'est-ce que tu racontes, Zarja ?

De nouveau, elle l'entend expirer la fumée. Elle met un long moment à répondre.

— C'était mon idée de venir ici, pas la sienne. Il s'est laissé faire, mais aurait préféré rester chez lui, avec Barbara…

— C'est qui, Barbara ?

— Tu la connais. Enfin, tu l'as vue une fois, quand tu es venue avec moi chez lui. Il y avait Nino aussi. Tu ne t'en souviens pas ?

— Non, pas vraiment.

— Une petite blonde à lunettes qui avait apporté un panier entier de raisin. Tu m'as demandé qui c'était. Je t'ai dit que c'était une copine de mon père.

— Je me souviens du raisin, mais pas de sa copine.

— C'est bien plus qu'une copine. C'est l'amour de sa vie. Ils se connaissent depuis très longtemps. Une femme bien. Ils faisaient plein de choses ensemble, des voyages, du jardinage… Elle a été là pour lui, même si elle avait une famille à elle et qu'ils ne se sont jamais installés ensemble. Je crois que j'ai toujours été un peu jalouse.

— Jalouse ? Toi ?

Elle l'entend boire une gorgée de quelque chose. Du café certainement, Zarja ne peut pas allumer une cigarette sans avoir une tasse de café froid à proximité.

— Oui, c'est ça. Jalouse d'elle, jalouse de cette relation qui dure, qui se renforce avec le temps, qui n'est pas une prison…

— Une prison ? répète-t-elle.

— Oui, c'est ça. Ou avec d'autres mots : jalouse d'eux qui ne font pas comme moi. Oh, Nasti, je ne suis pas fière de moi…

— Non, ne dis pas ça.

— Si je l'ai amené ici, c'était pour qu'il soit avec moi, et pas avec elle. C'est aussi simple que ça.

Elle ne sait pas quoi dire. Elle ne s'attendait pas à ce que la conversation prenne ce tour-là.

— En tout cas, ça me fait du bien de pouvoir le dire à quelqu'un. Ça me fait du bien de savoir que tu n'es pas loin.

Elle hoche la tête comme si elles étaient l'une en face de l'autre et qu'elle pouvait la voir, ses beaux yeux gris, son long cou, sa façon de se tenir droite même quand rien ne va.

— On s'embrasse ?

— Oui, on s'embrasse. On s'embrasse très fort.

En raccrochant et en remettant son téléphone dans son sac, elle reste un long moment sans bouger. La crème chantilly de son café est en train de s'étaler comme une marée blanche.

Finalement, rien ne se passe comme prévu. Elle ne s'est pas arrêtée dans le cabinet de la *sorella*. Tobias n'est pas venu au rendez-vous. Et l'histoire de Zarja qui amène son père dans une jolie maison au bord de la forêt pour passer les derniers jours de sa vie avec lui peut se raconter aussi autrement, avec Barbara au fond du tableau, dont il y a dix minutes encore elle ignorait l'existence. Il ne lui reste qu'à payer, jeter un dernier coup d'œil sur la ville en bas et reprendre l'ascenseur dans l'autre sens.

C'est alors qu'elle se dirige vers ce dernier, se demandant si elle ne va pas plutôt descendre à pied – si, elle va descendre à pied par ce bel escalier en colimaçon –, que la porte de l'ascenseur s'ouvre et qu'elle se retrouve nez à nez avec Tobias, aussi surpris qu'elle par son apparition devant lui.

— Oh, Nastia, vous auriez dû me donner votre numéro de téléphone, s'exclame-t-il. Je voulais vous le demander hier soir, puis j'ai oublié.

Pâle, cernes violets, regard brillant, il n'a pas l'air d'aller bien. Il y a quelque chose de fébrile et d'inquiet qui émane de lui.

— C'est tout ce que vous avez à me dire ? Ça fait une heure et demie que je suis là..., dit-elle en descendant quelques marches.

— Justement. Je vous aurais prévenue. Vous ne voulez pas remonter avec moi ? souffle-t-il, presque suppliant.

— Non.

— Vous en êtes sûre ?

Elle fait oui avec la tête, tout en continuant à descendre.

— Vous ne voulez pas non plus que je vous explique ?

Disparue de sa vue, elle marque le pas, s'arrête un instant.

— Donnez-moi au moins votre numéro de téléphone. Je vous écrirai. Et ce sera tout de même plus pratique, vu qu'on habite encore ensemble...

26

Elle pouvait bien lui donner son numéro de téléphone – il a raison, ce sera plus simple s'ils continuent à cohabiter encore pendant quelques jours –, mais ne voulait pas remonter. Au contraire, elle voulait descendre cet escalier et retrouver un peu de silence après sa conversation avec Zarja et cette rencontre inopinée avec Tobias.

Quand elle va chez M. Grotowski – elle continue à dire M. Grotowski, même s'il lui a proposé de laisser tomber « monsieur » et de l'appeler par son prénom –, c'est pareil, elle descend à pied. Vous ne prenez pas l'ascenseur, c'est ça ? dit-il rituellement quand il l'accompagne à la porte et attend qu'elle se retourne après cinq, six marches pour lui faire le dernier sourire et un signe de la main.

M. Grotowski, un homme élégant, moustache et foulard de soie autour du cou, juriste à la retraite et veuf depuis longtemps, est un de ses collectionneurs préférés. Un collectionneur modeste et passionné, rien à voir avec les gens qui investissent dans l'art pour mettre à l'abri leur argent. Quand il achète une œuvre, une toile de Monique Tello, par exemple, il se demande d'abord s'il va pouvoir vivre avec. Prenez-la chez vous pendant quelques jours, je passerai la reprendre si ça ne se passe pas bien entre vous. Voilà ce qu'elle lui a dit quand il lui a acheté sa première toile.

Il a appelé le lendemain. Il allait garder le tableau, avec joie, mais voulait quand même qu'elle passe, si elle pouvait, bien sûr, parce qu'il se demandait où l'accrocher.

C'est comme ça qu'elle est allée la première fois chez lui, dans son trois-pièces au dixième étage d'un immeuble récent en haut de la rue de Charonne. Il faudra choisir, la commode ou Monique Tello, a-t-elle dit quand elle est entrée dans son grand salon, élégant, mais encombré de toutes sortes de bibelots, de souvenirs de voyage et de quelques croûtes aux murs. Vous croyez ? a-t-il demandé, légèrement perplexe, en lui servant une coupe de champagne. Mais oui, s'il y a une chose dont elle est certaine, c'est bien ça : elle sait comment exposer une œuvre d'art, lui trouver sa place dans une pièce, à un centimètre près. Elle ne se pose même pas la question, elle le voit. À la galerie, c'est toujours elle qui décide de l'accrochage.

Quand elle est revenue – parce que M. Grotowski lui a acheté une autre toile, de la même artiste, qui allait très bien avec la première, qui la complétait, qui était son double – son salon ne ressemblait plus en rien à celui qu'elle avait vu la première fois : n'y restait qu'un grand canapé en cuir blanc, une lampe, une rangée de livres et une petite table basse. Depuis le temps que j'avais envie de me délester d'une partie de ma vie…, a-t-il dit pour tout commentaire.

En fait, c'est en vidant son appartement qu'il est devenu collectionneur. Il continuait à acheter des œuvres, quelques dessins, une petite sculpture, deux photos de Trieste de Federico Albi, et l'invitait à chaque nouvelle acquisition à prendre une coupe de champagne chez lui. On dirait qu'il nous achète des choses juste pour pouvoir vous inviter chez lui, remarquait Sigrid, avec son ironie habituelle.

Elle levait les yeux au plafond. M. Grotowski savait très bien ce qu'il faisait. D'ailleurs c'est plutôt les œuvres qui le choisissaient, et non le contraire. Car il achetait aussi ailleurs, courait les expositions et pouvait passer des journées entières à Drouot ou chez des commissaires-priseurs. Peu à peu, il a constitué une vraie petite collection, modeste, mais cohérente et inspirée.

Mais c'est vrai qu'il était impatient de pouvoir la lui montrer et d'observer son regard à elle sur son regard à lui. Pas très prolixe sur sa personne – je suis en train de vivre le dernier chapitre de ma vie, autant qu'il me ressemble un peu, répondait-il si elle devenait trop curieuse –, il pouvait disserter avec enthousiasme sur les ongles sales des personnages du Caravage, sur un aquafortiste hollandais qu'il venait de découvrir et dont il avait oublié le nom, ou sur la *Jeune femme au collier de perles* de Vermeer, le tableau le plus silencieux, intime et méditatif qu'il connaisse, une merveille, une pure merveille, vous ne trouvez pas ? se passionnait-il.

Il avait raison. Elle aussi admirait ce tableau – son Vermeer préféré –, sa simplicité, sa douceur, son sujet. Une jeune femme debout, en pleine lumière du jour, habillée en veste jaune bordée d'hermine, qui observe son reflet dans le miroir pendant qu'elle attache le ruban noir de son collier de perles. C'est ça, son sujet : ce regard qu'elle porte à elle-même. Le regard qui remplit tout le mur vide derrière elle, qui crée une tension presque visible et fait vibrer le tableau avec émotion et introspection, d'autant plus qu'il est souligné par le geste de ses mains : un geste ouvert, comme en prière. Puis il y a cette partie basse du tableau, le tissu foncé, presque noir, qui, ramassé sur la table à côté d'un vase noir, crée une masse sombre pour faire éclater le jaune du mur, du rideau et de la veste, une masse percée de quelques éclats de jaune par-ci par-là, comme le fait Manet avec ses citrons.

Et puis elle aimait autant que lui ses visites au dixième étage de la rue de Charonne. Sonner à la porte, attendre qu'il l'ouvre, se retrouver face à sa longue silhouette voûtée, son foulard de soie et son sourire qui lui plisse les yeux. Entrer, déposer ses affaires dans ses mains, son manteau ou sa veste, et rester seule dans le salon, le temps qu'il aille chercher son champagne et réchauffer ses petits-fours. Trinquer avec lui, à cette proximité entre eux, inattendue et rare, parce qu'en dehors de ces moments ensemble, comme suspendus au-dessus de la vie de tous les jours, ils ne savent pas grand-chose l'un de l'autre, et ne cherchent pas forcément à en savoir plus, d'ailleurs il n'a même pas son numéro de téléphone et doit appeler à la galerie s'il veut lui parler. Prendre une autre coupe tout en grignotant ces petits-fours tièdes au fromage qu'elle ne mange que chez lui. L'écouter parler, observer son visage qui s'anime tout entier quand il raconte quelque chose, et le sentir heureux, c'est ça, heureux. Puis à un moment, allégée et adoucie par le champagne, se lever, reprendre ses affaires et se faire accompagner à la porte.

Toujours pas d'ascenseur alors ? dit-il en guise d'au revoir, sachant bien qu'au bout de quelques marches, elle va se retourner pour lui faire un dernier sourire et le saluer en levant la main.

Il y en a qui ont besoin de monter pour rassembler leurs pensées, voir plus loin et plus clair. Elle, c'est plutôt le contraire. Elle a besoin de descendre comme si la clarté se trouvait en bas de l'escalier, dans la vie de tous les jours, se dit-elle une fois arrivée au pied du Nebotičnik.

Et c'est là, en débouchant sur la rue principale, sous un soleil de plus en plus radieux, qu'elle découvre le message de Tobias lui proposant un autre rendez-vous le soir même, à la maison.

Je vais préparer à manger et je vous expliquerai, écrit-il.

27

— Pourquoi vous ne vouliez pas remonter avec moi tout à l'heure ? demande-t-il le soir quand ils se retrouvent dans la cuisine.

C'est lui qui a tout fait : il a préparé le repas, une sorte de risotto au safran et une salade de mâche, et dressé la table. Il a acheté du vin rouge, le même que celui qu'ils ont déjà bu ensemble, et allumé deux bougies plates qu'il a trouvées dans le tiroir où sont rangés les petits ustensiles, une paire de ciseaux, le tire-bouchon, un ouvre-boîte... Elle n'avait qu'à mettre les pieds sous la table à cette même place qui semble être la sienne.

— Alors ?

Elle hausse les épaules. Elle ne va pas lui exposer sa théorie de l'escalier, qui n'est pas une théorie d'ailleurs, mais une pratique, une pratique très personnelle et très occasionnelle.

— C'était bien comme ça. Je suis allée marcher à Tivoli. Vous connaissez ?

— Un peu... Mais je vous ai déjà dit que je n'étais pas là pour faire du tourisme.

— Aller marcher en forêt ne veut pas dire faire du tourisme, relève-t-elle en le regardant bien dans les yeux.

— Vous avez raison… Servez-vous.

C'est une de ces journées où rien ne se passe comme ça devrait, songe-t-elle en se servant du risotto jaune et de la mâche vert sombre, qui forment un joli contraste sur son assiette.

Est-ce qu'elle pensait ce matin qu'elle resterait seule en haut du Nebotičnik à contempler sa ville natale en dessous avec ses couleurs, le rose de l'église, le gris clair du Triple Pont, le blanc de la neige, et sa palette de verts printaniers un peu partout ? Qu'elle y descendrait, dans ce vert frais de la forêt, pour y marcher longuement, en prenant un sentier qui monte vers Rožnik, une colline au-dessus de la ville, et qu'elle découvrirait, surprise et émue, que le printemps était là depuis un moment déjà, que les arbres avaient refait leurs feuilles, des petites formes incroyablement élaborées, et que la vie recommençait et renaissait avec ardeur ? Qu'elle appellerait même Sigrid – oui, oui, c'est moi, ne vous étonnez pas trop, s'il vous plaît, je sais que j'aurais dû vous appeler avant –, lui assurer que dans quelques jours, elle serait de retour, à son bureau, et qu'elles reprendraient les choses ensemble, comme d'habitude ? Que plus tard, en revenant en ville, elle irait s'asseoir sur son banc à côté de la place de la Révolution française, juste pour se poser un peu, rester là, comme elle le faisait depuis des années, à écouter les bruits de la ville et à observer la lumière qui commence à décliner, à devenir plus dense et plus chaude, avant de revenir par la rue Trubar, décidément la rue la plus politique de Ljubljana avec ses pochoirs de bicyclette rouge au sol, ses graffitis sur la décroissance, la justice climatique, la fin du capitalisme, et même la société du spectacle de Guy Debord…

Que devant l'université Sigmund-Freud, elle tomberait sur Mme Grm, toujours aussi frêle dans son tailleur mauve, ses chaussures plates et ses beaux cheveux blancs, ravie de marcher avec elle jusqu'à la maison, et heureuse qu'elle habite l'appartement d'Alma, Alma, la mère de Marko, une femme formidable qui n'a pas eu une vie toujours facile, une amie, une vraie amie, il n'y a pas un jour où elle ne pense à elle et à leurs conversations, elles se voyaient presque tous les jours, pour marcher ensemble, prendre un café ou un thé, aller au cinéma ou au théâtre… Et que plus tard encore, agréablement fatiguée après la journée passée dehors, au soleil, elle se retrouverait à table en face de Tobias, à cette place qui semble être la sienne, fixant la combinaison du jaune et du vert sur son assiette pendant que la nuit serait en train de tomber sur la ville ?

— Ça a l'air très bon. Très beau aussi…, dit-elle.

— C'est un des trois plats que je sais préparer. Le riz jaune. C'est le nom que lui a donné mon fils.

— Vous avez un fils ? demande-t-elle, faussement étonnée comme si elle ne le savait pas.

— Il a neuf ans. Il s'appelle Ilya et vit la plupart du temps chez sa mère. Et vous ? Vous avez des enfants, je suppose.

— J'ai deux filles. Mais elles ne vivent plus chez leur mère depuis un moment déjà. Elles savent à peine que je suis à Ljubljana et que je partage un appartement avec un journaliste belge.

— Bruxellois. C'est même plus compliqué que ça. Ma mère est flamande et mon père français d'origine juive polonaise. Ils sont morts tous les deux. Et la mère de mon fils est estonienne. Estonienne née à Berlin. Vous voulez savoir autre chose pendant que j'y suis ? Pourquoi la Slovénie, un petit pays de deux millions d'habitants ? Pourquoi Ljubljana ?

— Par exemple, acquiesce-t-elle avec un sourire intrigué.

— En fait, je ne sais pas. Quand on tombe amoureux, on ne sait pas vraiment pourquoi, vous ne trouvez pas ?

Elle continue à le regarder, ne comprenant pas bien où il veut en venir.

— Non, ce n'est pas comme ça qu'il faut dire, se corrige-t-il. C'est l'endroit où il faut être en ce moment.

— À Ljubljana ? Vous trouvez ? demande-t-elle en arrondissant les yeux.

Il se sert à son tour. On dirait qu'il a retrouvé un semblant de calme. Il s'est changé. Il a mis la chemise qu'elle a déjà vue sur lui, et a toujours cette mèche énervante qui lui tombe dans les yeux et qu'il ramène de temps en temps en arrière.

— Oui. C'est là que les choses se passent.

Étonnée, elle ne voit toujours pas où il veut en venir.

— Je parle de l'esprit de la révolte qui se renouvelle, qui s'affirme, qui ne lâche rien… C'est inédit. Inédit qu'une société civile se mobilise de cette façon et depuis si longtemps. Qu'elle devienne un vrai acteur politique, en restant en dehors de tout parti politique. Qu'elle ne soit pas là juste pour dire « non », mais aussi pour dire « oui », c'est-à-dire faire des propositions concrètes. J'ai rarement vu quelque chose comme ça. Et je m'y intéresse, à la marche du monde, croyez-moi.

Elle se lève.

— Qu'est-ce qu'il y a ? demande-t-il.

— Ça manque de sel, répond-elle, donnant une grande tape au frigidaire au passage.

Il sourit.

— Mais c'est bon, votre riz jaune.

Ce soir, c'est elle qui mange vite. Elle mange vite tout en l'écoutant. Elle a faim, elle n'a rien avalé depuis ce matin. Et ça fait du bien de boire un verre de vin pendant que la nuit est en train de tomber sur l'immense usine désaffectée. À Paris, sur son Faubourg, il doit faire encore jour à cette heure-ci. Dans un moment, le soleil va glisser derrière la place de la Bastille, enflammer le ciel et se refléter, tel un coup de projecteur, dans les fenêtres des immeubles en face.

— Vous avez bien vu vous-même, non ? Moi je ne comprends pas le slovène… Je sais dire cinq phrases, et même pas très bien. En revanche, je suis enchanté par l'aspect créatif de leurs protestations. Ils ne se contentent pas de crier des slogans hostiles. D'ailleurs, ils ne crient pas, ils ont des sifflets autour du cou, vous avez vu, non ?

Oui, elle les avait vus.

— Ils ne cassent rien. Aucune violence ou haine de leur part. Ils ont des armes bien plus efficaces qui s'appellent : imagination, invention, ironie… La place de la République devient tous les vendredis une immense scène à inventer quelque chose. Jeter des avions en papier contre le Parlement… Lire la Constitution sur cette même place, qui stipule le droit d'exprimer son opinion dans la rue. Ou aller coller des noms hongrois sur les noms des principales rues de la ville. Ce n'est pas mal, non ? Chaque fois, ils cherchent à créer un petit événement, un spectacle de rue, qui commence toujours de la même façon : par le son de la tronçonneuse.

— La tronçonneuse ?

— Vous ne l'avez pas remarquée ?

Elle secoue la tête.

— Il y a plusieurs artistes parmi les organisateurs. Le visage le plus connu des protestations cyclistes, le jeune homme blond à lunettes, est metteur en scène de théâtre de rue. Je l'ai rencontré hier. Il parle anglais, s'exprime bien. Il est calme et déterminé, et il a beaucoup d'humour. On sent qu'il sait résumer les choses et mobiliser la foule. Trouver les mots justes. Les mots qui frappent.

— Oui, c'est vrai.

— Et il y a le couple de marionnettistes qui crée la scénographie de la manifestation. Des marionnettes en papier qu'ils actionnent eux-mêmes. Comme la tête de l'homme morose qui ressemble vaguement au « patient slovène », vous voyez de qui je parle…

— Je vois, je vois…

— Ou le poing géant qui s'ouvre et se ferme, fait le V de la victoire ou un doigt d'honneur… Ou la grande sorcière avec son balai… C'est subversif et poétique en même temps, c'est l'art de la révolte. Et puis il y a des poètes, qui écrivent des poèmes de protestation et les lisent encore tout chauds. Et bien sûr tous ces gens qui reviennent tous les vendredis, parfois de loin. Qu'il pleuve, qu'il vente, qu'il neige… ils sont là. On pourrait écrire un roman là-dessus.

— Un roman ?

Il sourit, passe la main dans ses cheveux, et remplit son verre à elle. Finalement, elle boit bien plus que lui.

— Un roman avec un homme et une femme au premier plan, se retrouvant dans le même appartement. Un homme et une femme que tout sépare, en apparence du moins. Elle est là pour faire le deuil d'une relation sentimentale. Et lui pour se sentir vivant, questionner le monde, ne pas mourir… Ça se passe sur fond d'une situation historique précise qui est en même temps une situation existentielle. Tout est à sa place et à la bonne distance : les personnages, l'intrigue, la tension, le rythme du récit, l'envie de savoir où on va et comment on y va. Vous me suivez ?

Elle repose son verre.

— Vous parlez de quoi, Tobias ? demande-t-elle, perplexe.

C'est la première fois qu'elle l'appelle par son prénom.

— Du roman qu'il me plairait d'écrire. Sauf que je ne suis pas un romancier, même si je ne manque pas d'imagination. Alors je vais juste écrire une sorte de reportage, un reportage littéraire, si on veut, avec quelques personnages. Le jeune homme à lunettes. Le couple de marionnettistes. Le poète. Marko peut-être. Puis je voudrais changer de perspective et faire une interview avec quelqu'un que vous connaissez peut-être. Certainement même. Tout le monde le connaît, de nom en tout cas, surtout ici, vu qu'il est d'ici.

— Slavoj Žižek ?

— C'est ça. S'il accepte, bien entendu. Si j'ai assez de temps. Si tout va bien. Si on me donne encore quelques jours. Mais je parle trop, excusez-moi.

— Non, ça va. Ça va très bien même, dit-elle en buvant encore quelques gorgées de vin.

— C'est vrai ?

Elle fait oui avec la tête, sentant la vague de l'alcool qui est en train de la soulever doucement, de la rendre plus légère, plus drôle, plus libre, plus piquante, plus aimante surtout – elle aime toujours tout le monde quand elle boit un peu – comme si quelque chose s'agrandissait dans sa poitrine.

— Un dessert alors ?

— Volontiers.

— Je vous préviens que j'ai copié sur vous, dit-il en se levant. Non, non, restez assise ! s'exclame-t-il quand elle veut se lever à son tour pour l'aider à débarrasser.

28

Elle se rassied et le regarde faire : rincer les assiettes avant de les déposer dans le lave-vaisselle, laisser tremper la poêle, ouvrir le frigidaire… Il semble à l'aise dans cette cuisine qu'il doit certainement connaître aussi bien qu'elle, si ce n'est mieux. Il y a quelque chose de fébrile et de débordant qui émane de lui, mais aussi de retenu, de fatigué. C'est peut-être sa barbe qui donne cette impression. Ou bien une ombre qui passe par moments dans ses yeux. Ou son teint pâle, ses cernes. Ou même ses chaussettes dépareillées, l'une bleue et l'autre verte.

— Voilà, dit-il en posant une assiette creuse sur la table. Je vous ai dit que je copiais sur vous.

Elle sourit. De belles fraises lustrées, charnues, ni trop grandes ni trop petites, d'un joli rouge carmin, parfaites, c'est ça, parfaites. Des *jagode*, comme on dit en slovène.

— Allez-y, picorez, dit-il.

Elle les fixe encore un peu avant d'en prendre une, se revoyant soudain dans le métro parisien. Un livre à la main, assise pas loin de la porte, à côté d'un jeune homme noir tiré à quatre épingles, elle doit traverser tout Paris pour un rendez-vous près du Trocadéro. Plongée dans sa lecture, elle ne lève la tête que de temps en temps, pour voir le nom de la station. Bonne-Nouvelle. C'est après la station Bonne-Nouvelle qu'une musique éclate dans la rame. Une musique déchirante et joyeuse à la fois, jouée par un instrument à vent. Elle lève les yeux et croise le regard d'un petit homme râblé avec un instrument en cuivre presque aussi grand que lui. On dirait un Roumain ou un Tzigane, d'ailleurs c'est une mélodie tzigane qui sort de son instrument. Elle reste accrochée à son regard, comme s'il jouait pour une seule personne dans le wagon, celle qui l'écoute comme elle l'écoute, puis ferme les yeux. Est-ce qu'elle a déjà entendu une mélodie aussi simple et déchirante, qui va droit au cœur, au sien, en tout cas ? Et quand un peu plus tard, deux ou trois stations plus loin, elle les rouvre, il n'est plus là, disparu, évanoui dans la foule. « Des pickpockets sont signalés dans la station », entend-on dire à la place. Regard interrogateur, elle se tourne vers le jeune homme noir assis à côté d'elle. Est-ce qu'elle a rêvé ? Un musicien tzigane avec un instrument étrange a-t-il vraiment joué dans leur wagon, sans passer entre les voyageurs pour être payé de quelques pièces ? Joué pour rien, cadeau ?

C'était un tuba baryton, dit son voisin de métro.

Un tuba baryton, se répète-t-elle, souriant et portant une nouvelle *jagoda* à la bouche.

— On dirait que vous avez pris des couleurs aujourd'hui.

Elle sourit encore une fois. D'habitude, c'est plutôt elle qui remarque ce genre de choses. Sigrid qui a une nouvelle jupe. Selma qui s'est épilé les sourcils. François qui s'est encore rongé les ongles.

— J'ai passé la journée dehors. D'abord à vous attendre sur la terrasse du Nebotičnik, puis à marcher à Tivoli…

— Je vous dois une explication, je sais.

— Je ne le dis pas pour ça. Finalement, j'ai bien aimé rester toute seule là-haut. D'habitude, je suis toujours accompagnée. Et puis j'avais un coup de fil à passer.

Il prend une nouvelle fraise.

— Je suis allé à l'hôpital ce matin, dit-il, déposant la fraise sur la table devant lui.

Elle lui lance un regard interloqué.

— À l'hôpital ?

— Aux urgences. C'est à côté. À cinq minutes d'ici. Je ne me sentais pas bien. J'ai eu comme un coup de panique. Ça m'arrive parfois.

— Un coup de panique ? répète-t-elle encore une fois.

— Est-ce que vous savez ce qu'est un « glomérule » ?

Elle secoue la tête.

— Jusqu'à mes vingt-quatre ans, je ne le savais pas non plus. Je savais à peine que j'avais deux reins qui éliminaient les déchets de mon sang. Comme quoi la santé est vraiment l'absence des organes. Puis un jour, j'ai été bien obligé d'apprendre ce que c'était, le « glomérule » et la « glomérulonéphrite », l'affection du rein due à une atteinte inflammatoire des petits filtres du néphron. Je ne vous raconte pas toute l'histoire. Deux ans plus tard, j'ai atterri en dialyse. Ce n'était pas une bonne nouvelle pour un jeune homme qui voulait voyager et vivre à deux cents à l'heure. Être dans le monde et lui donner toute son attention.

Il fait une longue pause avant de continuer, fixant la fraise posée sur la table devant lui.

— Mais finalement, je l'ai fait. À ma façon, bien sûr. La carte géographique de mes voyages correspondait forcément à la géolocalisation des centres de dialyse. Ce qui fait découvrir le monde sous un autre angle, vous pouvez me croire…

Oui, se dit-elle, certainement.

— J'ai rencontré des gens que sans mes problèmes rénaux je n'aurais jamais rencontrés. J'ai dû revoir mes priorités. J'ai compris surtout ce que voulait dire avoir un corps, ou encore mieux : être un corps. Puis je suis devenu amateur d'opéra. *Tristan et Yseult* de Wagner dans les oreilles emplit largement une séance de dialyse. Et c'est magnifique. La mort d'Iseult, c'est trop beau, c'est déchirant, même si on n'aime pas Wagner, je vous assure… Sinon, je suis plutôt Puccini, à vrai dire. Le Puccini du Triptyque, par exemple, quand il devient presque un peu jazzy… Ou le *Salomé* de Richard Strauss. C'est un torrent de beauté, surtout à la fin. « Si tu m'avais vue, tu m'aurais aimée. » Vous connaissez ? Je pourrais vous le faire écouter, si vous voulez ?

Elle le regarde sans bouger. Elle a cessé de piocher dans les fraises depuis un moment.

— C'est pour vous dire que les mauvais côtés ont aussi leurs bons côtés… Enfin, vous voyez ce que je veux dire.

Elle hoche la tête.

— En quelques années, je suis devenu un critique d'opéra assez reconnu en Belgique. On m'invite aux premières, on m'envoie des enregistrements… Ça fait plaisir. Puis j'ai été transplanté. À Gand. Vous devez connaître, le fameux retable… Je vis avec le rein de ma mère depuis dix ans.

— Le rein de votre mère…, répète-t-elle tel un écho.

— Oui. C'est toute une histoire. Je vous la raconterai une autre fois, pas ce soir. En tout cas, je vais plutôt bien. Est-ce que j'ai l'air de quelqu'un qui ne va pas bien ?

Elle continue à le regarder.

— Évidemment, on doit avoir une certaine hygiène de vie. En principe, pas d'alcool, pas de sel... Pas plus de trois cigarettes par jour. Plus un tas de médicaments à vie.

Ils se taisent pendant un moment. Il lui semble entendre le vent. Mais non, je me trompe, ce ne peut pas être le vent, avec tout ce ciel bleu presque noir et rien qui bouge dans le parc de la villa.

— Qu'est-ce que vous êtes allé faire aux urgences ce matin ? demande-t-elle au bout d'un moment.

— Bonne question, dit-il, son demi-sourire aux lèvres. Je ne me sentais pas bien. Je me demandais si je n'avais pas une infection, ce qui arrive souvent chez les transplantés. Des infections de toute sorte, je vous passe les détails... Ou bien une crise d'angoisse. Parfois je peux avoir une crise d'angoisse. Une terreur soudaine que mon corps rejette le rein de ma mère. Vous voyez ?

De nouveau, elle hoche la tête.

— Et alors ? Qu'est-ce qu'ils ont dit ?

— Je suis tombé sur une jeune doctoresse qui parlait très bien anglais. Elle m'a pris la tension, puis m'a dit de m'allonger, de poser ma main sur le ventre et de respirer. Compter jusqu'à six pour inspirer, et six pour expirer. Une bonne façon de faire baisser la tension, à condition de le faire correctement, disait-elle. Elle est restée à côté de moi pendant que je faisais ces exercices de respiration. Puis elle m'a envoyé faire une prise de sang, ce qui a pris du temps. Voilà pourquoi je suis arrivé en retard.

— Une prise de sang ? C'est tout ?

— J'ai parlé avec mon médecin à Bruxelles. Il m'a dit d'attendre les résultats et de rentrer tout de suite si quelque chose ne va pas.

— Vous les aurez quand ?

— Dans deux, trois jours. Ce n'est pas la première fois que ça m'arrive. Il faut juste rester vigilant.

— Vigilant ? répète-t-elle.

— Oui, c'est ça. C'est ce qui m'embête le plus, à vrai dire. Être obligé d'y penser. Et nos fraises ?

C'est vrai. Ils ont oublié les fraises. Et les deux petites bougies sont éteintes depuis un moment déjà.

29

Qu'est-ce qui se passe ? s'exclame-t-elle quelques jours plus tard, réveillée par un bruit violent et des sortes de vibrations, comme si on cassait un mur dans l'appartement en dessous. Non, plutôt à côté, celui de Mme Grm, et ce à sept heures du matin. Il faut le faire quand même, réveiller les gens à cette heure-ci, maugrée-t-elle en se levant, enfilant son gilet et passant par la salle de bains avant de se diriger vers la cuisine et le salon.

En fait, il n'est pas sept heures du matin – le soleil est déjà haut – et on n'est pas en train de casser un mur chez Mme Grm.

Deux grosses pelleteuses, installées le matin même dans l'immense cour en face, démolissent à grand fracas le petit bâtiment bas à l'entrée de l'usine désaffectée, poussant la vieille ferraille, déblayant les gravats et terrassant la vaste surface. Dans quelques jours, tout sera débarrassé, aplani, nettoyé, de nouveau silencieux. Ne restera que le beau squelette en béton armé de l'ancienne fabrique de cycles Rog, et je ne serai plus là pour le voir, se dit-elle.

Dommage parce qu'elle commence à s'habituer à cet appartement, à la lumière du matin, à cette vue sur l'usine en démolition, au ciel qu'on voit du canapé, puis au fait qu'ils y habitent à deux. Ça ne la dérange plus, les affaires de Tobias un peu partout – ce n'est pas quelqu'un qui range, c'est le moins qu'on puisse dire –, sa brosse à dents posée à côté de la sienne, sa serviette jetée sur le rebord de la baignoire, son shampoing laissé débouché, pour ne parler que de la salle de bains, l'endroit le plus intime de l'appartement. Au contraire, elle aime bien voir leurs deux brosses à dents côte à côte, ses grosses chaussures à l'entrée, son anorak bleu cobalt suspendu à côté de son imper sur le porte-manteau. Même ses bières, son jambon blanc, son pain, ses oranges, qui d'ailleurs ne sont pas qu'à lui, c'est ce qu'il lui a dit : servez-vous, c'est pour tous les deux. Comme le canapé, c'est pareil, c'est pour tous les deux, a-t-il ajouté, un sourire appuyé aux lèvres.

Dommage aussi qu'il ne soit pas là ce matin et qu'ils ne puissent pas petit-déjeuner ensemble. Il lui a laissé une moitié de cafetière sur la table, pas loin du dessin, resté là après leur dîner, il y a deux jours. Avant de se coucher, elle lui a demandé où se trouvait exactement son nouveau rein. Alors il a pris une feuille de papier et lui a fait un dessin : deux haricots malades sur une tige, l'un en face de l'autre, puis plus haut, sur la même tige, un autre, celui de sa mère, qui veille sur lui et lui permet de continuer à vivre plus ou moins normalement.

C'est quand elle se sert du café que le téléphone se met à sonner. Et ce n'est certainement pas François, elle le sait bien – d'ailleurs elle se demande si elle attend encore quelque chose de lui –, ce n'est pas Sigrid non plus, Zarja ou Selma, mais Tobias.

— Nastia…, dit-il.

Elle aime bien sa voix au téléphone. Elle aime aussi la façon dont il prononce son prénom, sans accentuer la dernière syllabe, mais les deux. Nas-tia.

— Bonjour, Tobias.

— Vous n'êtes pas en ville, par hasard ?

— En ville ?

— Oui. Je me demandais si vous ne vouliez pas faire quelques pas avec moi. Une promenade.

— Une promenade ? Là, tout de suite ?

— Je peux vous attendre quelque part. Devant Prešeren, par exemple. Si vous n'avez rien de mieux à faire, bien entendu.

— Vous me donnez dix minutes ? Non, quinze. Vingt. Je suis encore en pyjama. Mais je me dépêche.

C'est ça, elle va se dépêcher, faire vite, le plus vite qu'elle peut, sans problème, avec joie, comme si elle avait oublié ce que c'était, être pressée et devoir se magner.

Alors on avale son petit déjeuner en trois minutes, on prend une douche express, on se lave le visage, on met la crème, le fond de teint, le rouge à lèvres, on enfile sa jupe tzigane, non, on change, on met un jean et une chemise, il fait beau dehors, on n'oublie pas ses lunettes de soleil, on descend l'escalier en trombe, bonjour, madame Grm, oui, ça va, et vous, je suis pressée ce matin, excusez-moi, je n'ai pas le temps de vous parler, on prend la rue Trubar, on passe devant l'université Sigmund-Freud en jetant un coup d'œil à son reflet dans le miroir, comme pour vérifier que c'est vraiment elle, c'est-à-dire si ce qu'elle voit dans le miroir correspond vraiment à ce qu'elle est, puis on laisse glisser son regard sur tous les graffitis qu'on commence à connaître par cœur, on traverse la rue Ressel au feu rouge, en pressant le pas, courant presque, il y a le café Réformateur – Trubar, l'homme qui a fait imprimer le premier livre en slovène, sa traduction de la Bible, était un protestant, membre de l'Église réformée –, il y a le réparateur de parapluies avec sa belle vitrine, ça existe encore, des réparateurs de parapluies, il y a le magasin de bric-à-brac qu'elle aime bien, une librairie qu'elle aime bien aussi et, enfin, la place Prešeren, l'église framboise, le Triple Pont, le poète avec sa muse, et lui, Tobias, assis à ses pieds.

— Me voilà, dit-elle, se posant à côté de lui, essoufflée, des gouttes de sueur sous les yeux.

Ils restent un moment ainsi, l'un à côté de l'autre, se dévisageant attentivement. Il a l'air reposé malgré sa pâleur et ses cernes. Détendu, souriant, portant un de ses maillots à la couleur incertaine sous l'anorak bleu cobalt, son jean et son petit sac à dos. Plutôt un beau jeune homme de trente ans avec sa peau couleur de miel, son regard sombre et cette barbe claire, bien plus claire que ses cheveux... C'est ça, je suis assise à côté d'un bel homme, songe-t-elle comme si elle venait de s'en apercevoir.

— Je suis content de vous voir, dit-il au bout d'un moment. Là, sous la tête de votre poète.

Elle sourit.

— Je devais aller chez les deux marionnettistes. Mais ils se sont décommandés au dernier moment. Trop de choses à faire jusqu'à vendredi prochain. Tandis que Žižek a manifestement d'autres chats à fouetter.

— Et moi je pensais aller voir ma sœur à son cabinet...

— Parce que vous ne l'avez toujours pas fait?

Elle secoue la tête.

— Mais je peux y aller plus tard. On marche un peu ? demande-t-elle pour changer de sujet.

Ils se lèvent, passent devant l'église et remontent l'horrible rue commerçante qui mène à la poste et, plus loin, au parc Tivoli et son beau tracé de lampadaires. C'est la première fois qu'ils marchent l'un à côté de l'autre. Ils le font avec naturel et aisance, comme si leurs corps avaient l'habitude de bouger ensemble. Le ciel s'est voilé depuis ce matin, il fait moins beau qu'hier, plus frais aussi, mais c'est toujours le printemps et cette sensation que tout recommence, malgré tout.

Au feu rouge, quand ils attendent pour traverser l'ex-rue Tito – elle ne peut s'empêcher de l'appeler ainsi –, il lui demande si elle ne veut pas lui montrer un endroit qu'elle aime particulièrement dans cette ville, sans qu'il soit forcément très connu. S'ils étaient à Bruxelles, il saurait très bien où l'amener.

Surprise, elle plonge son regard dans le sien, tout en réfléchissant. Un endroit que j'aime particulièrement… Sans qu'il soit forcément très connu…

— Venez, dit-elle au bout d'un moment. Suivez-moi. On va prendre un taxi !

— Un taxi ? Vous êtes sûre ? On peut marcher.

— Non, non… C'est trop loin.

Ils s'installent dans une des voitures qui attendent devant l'hôtel Slon.

Elle aurait voulu rester tranquillement à côté de Tobias et observer la longue route toute droite qui quitte la ville en traversant un début de campagne plate et verdoyante, bordée d'habitations et de fermes avec potagers et vergers, et plus loin, des prairies, tapissées de fleurs jaunes et violettes, parmi lesquelles sa préférée, la tulipe sauvage bordeaux, tachetée de blanc, appelée tulipe de marécages. Sauf que le chauffeur, un ancien imprimeur reconverti en taxi, a envie de bavarder. Il n'a pas beaucoup de clients en ce moment. Depuis des mois, il n'y a plus de touristes, et les Ljubljanais, avec cette histoire de virus, restent plutôt chez eux. Ce n'est pas très gai en ce moment, pour le dire autrement. On vit dans un drôle de monde, ils ne trouvent pas ? Un monde inquiétant, non ? Un monde qui fait peur… Monsieur ne parle pas slovène ? Il n'est pas d'ici ? Et elle non plus ? Si, mais elle n'habite pas là. Enfin, si, en ce moment, elle habite à Ljubljana.

— On va descendre là-bas, dit-elle alors qu'ils approchent d'une vieille école et d'une bifurcation.

— Là-bas ? Il n'y a rien…

— Si. Mais il faut marcher un peu.

30

Est-ce que tu vas te souvenir, Nasti, du chemin que vous avez pris après le taxi ? se demande-t-elle le lendemain, assise à sa place dans la cuisine.

Des champs tout autour, de la terre noire, du village tout en longueur, qui s'appelle Village Noir justement, du ciel immense avec de gros nuages blancs ? De Tobias, silencieux, intrigué, se demandant où elle pouvait bien l'emmener ? Puis soudain, comme une apparition au milieu de cette campagne marécageuse, une église avec un long escalier et son clocher telle une tour plate en pierre qui perce le ciel.

C'est cette église qu'elle voulait lui montrer, située à l'étage d'un bâtiment en pierre brute et à laquelle on accède par un très long escalier étonnamment élégant. Monter avec lui ces marches – on dirait les marches d'un pont vénitien –, se retrouver devant la porte, espérer qu'elle sera ouverte – elle l'est, Dieu merci –, puis entrer.

Voilà, c'est ça, l'endroit qu'elle aime par-dessus tout. Tout y est à son goût : la simplicité de la petite salle en bois tout en largeur, rappelant les vieilles églises subcarpatiques en Slovaquie, la modestie des dimensions et des matériaux comme les deux tubes de canalisation en béton servant de piliers, l'ingéniosité de la construction, le soin et l'humour du détail, comme les lustres, composés de moulins à café bosniaques et de verres colorés, le tout signé Plečnik, bien évidemment.

Elle s'assied sur l'un des bancs en bois clair, celui où pendant des années elle avait l'habitude de se poser quand elle passait là, sur la bicyclette de sa grand-mère. Ses grands-parents maternels vivaient à proximité, alors elle venait souvent ici, attirée par le silence – il n'y avait jamais personne –, l'odeur du bois et la beauté familière du lieu. Ne croyant pas au ciel, n'ayant pas même été baptisée, elle y a appris toutefois à prier, c'est-à-dire à formuler ses vœux, ses aspirations, ses désirs, ses craintes aussi – pourvu que mes parents ne divorcent pas, s'est-elle répété pendant des années avant de changer sa prière du tout au tout : pourvu qu'ils divorcent – s'adressant autant à son ciel intérieur qu'à l'univers entier.

Plus tard, elle y a amené Zarja, puis Étienne, qui, tout en proclamant haut et fort que le sentiment de sacré n'avait pas besoin d'église, adorait venir ici, un endroit éminemment païen, disait-il. Elle y est venue quand elle était enceinte de Selma, puis de Ninon, pour sentir bouger une nouvelle vie en elle, ne pas avoir peur, avoir confiance dans sa capacité à aimer, soigner, protéger, accompagner, ne pas étouffer ce nouvel être en devenir, faire mieux que ses parents, on veut toujours faire mieux que ses parents…

Mais la plupart du temps, elle avait juste besoin de s'asseoir là, comme aujourd'hui, sur ce banc en bois volontairement rustique, paysan même – d'ailleurs toute l'église a un côté paysan –, loin de la rumeur du monde, pour suspendre le temps, calmer ses pensées, trouver un peu de silence en elle et se demander si tout ce qui lui arrivait avait un sens, c'est-à-dire si l'oiseau du hasard savait ce qu'il faisait quand il se posait sur son épaule au moment où il fallait.

Car si Étienne n'était pas revenu juste à temps – s'il était resté en Grèce une seule petite journée de plus – ils se seraient ratés et elle ne serait jamais partie avec lui à Paris. Si par un après-midi pluvieux, juste avant d'aller chercher Selma à l'école, elle n'était pas entrée dans la galerie d'Olga Ruiz et n'avait pas répondu comme elle l'avait fait à sa question sur des tableaux exposés qui ne lui disaient rien, rien du tout – j'attends autre chose de l'art que la décoration – elle n'aurait probablement jamais travaillé dans cette galerie. Si, bien des années après, elle n'avait pas proposé à un parfait inconnu de s'allonger à côté d'elle dans un nid géant, œuvre d'une artiste suisse exposée dans la première pièce de cette même galerie, elle n'aurait pas été troublée par son manque d'assurance, sa timidité, sa faiblesse même. Et si le matin qui avait suivi leur dernière conversation téléphonique et la nuit sans sommeil, elle ne s'était pas retrouvée couchée avec lui dans son lit, et s'il ne lui avait pas dit ce qu'il lui avait dit, elle n'aurait jamais pris un des premiers vols à destination de Ljubljana via Amsterdam, pour sonner le soir même à la porte de sa sœur. Quelques jours plus tard, elle n'aurait pas non plus loué un appartement trop grand pour une seule personne, et ne l'aurait pas partagé avec un jeune homme belge.

Et elle ne serait pas non plus venue ici, dans cet endroit en dehors de la ville, modeste et immense, en compagnie de ce même homme assis de l'autre côté de l'église, qui tourne son visage vers elle à peu près au même moment où elle tourne le sien, comme s'ils s'étaient donné le signal, puis qui se lève, sans faire de bruit, et vient s'asseoir à côté d'elle sur son banc.

Il reste là, sans bouger, sans prononcer un mot, en silence, pensant peut-être, lui aussi, aux grandes ailes des oiseaux du hasard qui sont là, quand on a besoin d'eux. Puis il prend sa main, doucement, et la pose sur sa joue.

C'est tendre et insolite. C'est déconcertant. C'est lui.

— Merci de m'avoir amené ici, dit-il tout bas, avant de reposer sa main là où elle était quelques instants auparavant.

31

Est-ce qu'elle va se souvenir – parce qu'elle veut se souvenir dans le moindre détail de cette journée pas comme les autres – de la conversation après l'église, quand ils ont retrouvé le centre-ville, en bus cette fois, et remonté Stari trg, en passant devant l'hôtel de ville, avant de s'asseoir sur ses marches ?

— Je vous ai écoutée dans le taxi tout à l'heure, dit-il en ralentissant un peu, calant ses pas sur les siens.

Elle se tourne vers lui. Il y a quelque chose d'intranquille dans sa façon de se mouvoir. Mais de confiant aussi, comme si depuis leur visite de l'église ils partageaient quelque chose tous les deux, et que ça se voyait dans leur façon de marcher ensemble.

— Évidemment, je n'ai rien compris. Mais j'ai bien aimé vous entendre parler slovène. Vous n'avez pas la même voix que quand vous parlez avec moi.

— Vous trouvez ?

— Oui. Elle n'est pas placée tout à fait au même endroit de votre corps qu'en français. Je crois que je la préfère.

Elle sourit. Étienne lui disait la même chose. Qu'il préférait sa voix quand elle parlait slovène.

— De toute façon, c'est normal. La mienne n'est pas la même non plus quand je parle français ou flamand. J'ai une langue maternelle et une langue paternelle, si l'on peut dire. L'une qui surveille l'autre. Ou plutôt l'une qui se regarde dans l'autre.

— Oui, c'est ça, exactement.

— Et vos filles ? Est-ce qu'elles parlent slovène ?

— Bien sûr. C'est une des rares choses que j'aie réussies aux yeux de ma sœur. Leur apprendre ma langue.

— Vous n'exagérez pas un peu ?

— Non, je ne crois pas. À vrai dire, la question ne se posait même pas. C'était juste impossible de faire autrement. Si je voulais qu'elles me connaissent vraiment, qu'elles sachent qui je suis, je devais leur parler en slovène. Puis j'aimais bien l'idée de l'île.

— Quelle île ?

— On était comme une petite île dans un océan français. J'aime toujours cette idée de l'île. Le fait d'avoir deux langues. Ça change tout. C'est la même chose pour… Pour vous, j'imagine.

Elle allait dire : « pour toi », puis s'est ravisée au dernier moment. Finalement, elle n'a rien contre le fait de se vouvoyer encore un peu. Ils sont comme deux îles justement, s'observant de loin, s'approchant un peu, se touchant par moments, comme tout à l'heure, dans l'église, mais restant des îles.

— Oui. J'aime bien être avec les gens qui ont deux pays, deux mots pour chaque chose. Autrement dit : j'aime bien être avec vous.

Elle se sent rougir tout en continuant à marcher à côté de lui.

— Est-ce que vous pensez encore à votre chagrin d'amour, Nastia ? demande-t-il quand ils passent devant l'hôtel de ville.

Surprise, elle s'arrête. Ce n'est pas la première fois qu'il lui pose cette question.

— Qu'est-ce qu'il y a ? On peut parler d'autre chose, si vous voulez. Venez ! s'exclame-t-il. Qu'est-ce que vous faites ?

Elle s'assied sur une marche de l'hôtel de ville, sentant de nouveau quelque chose comme une douleur, un tressaillement en haut de l'estomac. Une plaie qui est toujours là, prête à s'ouvrir. Ça ne va donc pas s'arrêter ? Ça ne va pas la lâcher ?

— Tout le temps. Enfin, presque..., dit-elle quand il revient sur ses pas et se pose à côté d'elle sur la marche.

Ils restent là sans bouger, chacun absorbé dans ses pensées.

— Vous devriez vous révolter, Nastia, dit-il au bout d'un moment.

Elle tourne son visage vers lui.

— Révolter..., répète-t-elle, en suspendant le mot dans l'air.

— Oui. Envoyer balader tout ce qui vous encombre, chagrins, peines, mauvais souvenirs... Ouvrir un nouveau cycle. Vous dire que la fin est aussi le début de quelque chose d'autre, non ?

Elle hoche vaguement la tête pendant qu'il pointe le menton vers le café derrière eux qui s'appelle Rez-de-Chaussée.

— C'est dans ce café que j'ai rencontré un des organisateurs des manifestations du vendredi. Celui aux fines lunettes métalliques, vous vous souvenez de lui ?

De nouveau, elle hoche la tête. Quel rapport avec ce qu'il vient de dire ? Que veut-il que ça lui fasse ?

— C'est leur café. C'est là qu'ils se retrouvent avant les manifs, et souvent aussi après.

Elle continue à regarder devant elle.

— Je vais vous laisser, Nastia. J'ai des choses à faire. Vous allez rester encore un peu ici ? demande-t-il avant de se lever.

Oui, elle va rester encore un peu ici.

32

— C'est toi ?

— Je passais par là, je suis montée, j'ai sonné…

Ce n'est pas tout à fait vrai. Elle est venue exprès. Elle est restée encore un long moment, assise sur les marches de l'hôtel de ville, à repenser à tout ce qu'ils se sont dit avec Tobias. Puis elle a acheté un sandwich et traversé la ville pour venir dans ce quartier paisible et résidentiel à une vingtaine de minutes du centre où habite la *sorella* : il était cinq heures, cinq heures et demie et elle devait être rentrée. Elle voulait la voir avant de repartir pour Paris.

Elle a sonné. Cette fois, pas besoin d'attendre longtemps : la porte s'est ouverte presque aussitôt.

— Viens, entre… Si tu veux te laver les mains, tu sais où c'est.

Elle s'avance vers la salle de bains, aussi impeccable que la dernière fois. Tout est à sa place, les produits de beauté soigneusement rangés l'un à côté de l'autre, les serviettes, le savon… Non, décidément, elles ne se ressemblent pas, se dit-elle en levant son regard jusqu'à son reflet dans le miroir.

A-t-elle changé depuis qu'elle est là ? Ses cheveux ont poussé. Elle est moins pâle qu'en arrivant. Elle a encore maigri un peu, mais ça lui va plutôt bien. Puis il y a cette ombre sur la joue, un muscle qui s'est affaissé en subissant la gravité. C'est comme ça, elle n'y peut rien, se dit-elle en souriant. Si, elle peut faire quelque chose : sourire.

— Je viens de rentrer. Je vais faire du thé. Tu en veux ? propose Dora quand elle la rejoint dans la cuisine.

— Je veux bien.

— Assieds-toi.

Elle la regarde s'affairer dans sa cuisine, préparer les deux tasses, poser la théière sur la table à côté du vase avec les mêmes branches de mimosa, qui ont eu le temps de sécher depuis la dernière fois, puis venir s'asseoir en face d'elle. Elle porte un de ses chemisiers en soie et une jupe droite qui lui va bien. Docteur Bertok. C'est comme ça qu'on l'appelle. Docteur Dora Bertok.

— Tu aurais pu prévenir, tu ne trouves pas ? dit Dora en levant un long regard désapprobateur sur sa sœur.

— C'est vrai… Mais tu ne m'as pas vraiment prévenue non plus quand tu as débarqué chez moi.

— Ce n'était pas la même chose.

— Ce n'est jamais la même chose avec toi.

— Je me suis inquiétée pour toi, Nastia. Tu n'appelles pas, tu ne réponds pas au téléphone. Tu disparais, voilà.

— Tu n'avais pas besoin de t'inquiéter.

— Justement. C'est ça, le problème. Tu ne sais pas ce que ça veut dire, s'inquiéter pour quelqu'un d'autre que soi-même. De toute façon, ce n'est pas nouveau.

— Oh, arrête, Dora…

— Tu as toujours fait ce que tu voulais, Nastia. Partir, aller voir ailleurs, oublier que tu avais des parents, une sœur…

Elle ferme les yeux. Elle connaît la chanson, elle la connaît par cœur, c'est toujours la même. Nastia, l'égoïste, qui ne pense qu'à elle, qui est partie à Paris avec le premier Français rencontré dans un hôtel sur la riviera, qui n'a pas terminé ses études, qui ne téléphonait que de temps en temps, qui ne s'est même pas déplacée quand leur père est tombé dans l'escalier et qu'il est resté trois semaines à l'hôpital, qui ne s'est pas manifestée non plus quand il est tombé malade, enfin, peu, très peu, très très peu même, surtout comparé à Dora, celle qui est restée, qui était toujours là, qui allait le voir à l'hôpital, qui lui apportait à manger parce qu'il refusait ce qu'on lui servait là-bas, et de l'alcool, c'est ça, de l'alcool, un médecin qui fait de la contrebande de vodka dans un thermos, il faut le faire tout de même, non... Pendant que sa grande sœur courait les vernissages et les dîners à Paris, perchée sur ses petits talons et affublée de ses jupes colorées pour ne pas être en noir comme tout le monde. Et qui s'offre le luxe de s'offusquer quand elle découvre que son père a fait un testament dans lequel il précise qu'il laisse tout ce qu'il possède – pas grand-chose, un petit deux-pièces dans le quartier près de la rivière – à sa fille cadette, pour la remercier de tout ce qu'elle a fait pour lui. Voilà pour leur père, et elle ne dit rien de leur mère, ni de sa vie à elle...

Il lui arrivait d'essayer de rectifier l'histoire, de dire que c'était vrai, elle voulait se sauver, partir, naître à elle-même en dehors d'eux, s'inventer ailleurs, ce qui est quand même la meilleure université si on veut à tout prix parler des études, créer une famille à elle, de toute façon, le monde se divise en deux : il y a ceux qui restent et ceux qui partent.

Ce qui ne veut pas dire que cela avait toujours été facile pour elle. Est-ce que la *sorella* lui avait jamais demandé comment elle se débrouillait seule avec ses deux gamines, pendant qu'Étienne passait son temps dans les bibliothèques, les séminaires et autres colloques? Comment elle avait fait pour décrocher un travail dans une galerie d'art? Parce que ça n'était pas tombé tout cuit dans son assiette. Elle ne lui a pas demandé non plus si parfois elle ne se sentait pas à l'étroit dans cette grande ville dont il fallait tout apprendre, à commencer par la langue et cet esprit français si formel avec lequel elle a toujours du mal? Ou bien s'il lui arrivait de se sentir seule, tout simplement? Si elle n'avait pas de nostalgie? Parce qu'on peut avoir envie de partir tout en se sentant déchirée. Si l'accident de leur père et sa longue dérive à l'hôpital l'avaient vraiment laissée aussi indifférente qu'elle le dit? Et si ce maudit testament ne l'affectait pas plutôt pour d'autres raisons, non financières, même si un peu d'argent ne lui aurait pas fait de mal?

— Et puis ce n'est pas vraiment chez toi, si? dit Dora en servant le thé vert et lui lançant un autre regard, tout aussi appuyé.

Elle prend sa tasse entre ses mains comme si elle avait besoin de se tenir à quelque chose. Qu'est-ce qu'elle peut répondre à ça? Que l'appartement de Marko n'est pas chez elle, évidemment, tout en étant le seul endroit à Ljubljana où elle se sente à la maison depuis qu'elle est là.

— Et tu n'y habites pas toute seule non plus.

Non, elle n'habite pas toute seule. Mais elle n'est pas venue jusqu'ici pour l'apprendre, sur un ton de vague reproche d'ailleurs, ou même de jalousie... C'est ça, de jalousie.

— Je partage l'appartement avec Tobias, un journaliste de Bruxelles, que tu as rencontré d'ailleurs.

— Il m'a proposé d'entrer. Il m'a servi un café et ne voulait pas qu'on te réveille. Un jeune homme charmant et… attentionné.

C'est ça, pense-t-elle en buvant une gorgée de thé vert. Il est attentionné. Il est charmant aussi, même si elle ne le dirait pas comme ça.

— Il est là pour écrire quelque chose sur le mouvement de protestation de vendredi.

— Les cyclistes ?

— Pas que les cyclistes.

— Parce qu'il y a quelque chose à écrire là-dessus ?

— Je crois que oui. Qu'il y a justement quelque chose à écrire là-dessus. Mais tu devrais le savoir mieux que moi. C'est toi qui vis ici.

— Je travaille, moi. Je n'ai pas le temps d'aller faire le guignol sur la place de la République.

— Je pense que les gens qui manifestent tous les vendredis à sept heures du soir depuis plus d'un an travaillent aussi. Peut-être pas autant que toi, évidemment, mais ils travaillent.

— Tu es venue chez moi pour me parler de ça ?

Non, elle n'est pas venue chez elle pour lui parler des manifestations du vendredi, surtout que la *sorella* n'en a visiblement rien à faire, comme cette majorité silencieuse et indifférente qui déclare ne pas s'intéresser à la politique, mais qui est toujours la première à se plaindre quand quelque chose ne va pas, sans comprendre qu'au fond, rien ne va, tout va nous exploser à la figure et il sera trop tard pour se plaindre.

— Dans deux jours, je repars à Paris, dit-elle au bout d'un long silence. Je reprends le même vol, qui passe par

Amsterdam deux fois par semaine. Il n'y a rien d'autre en ce moment.

— Déjà ?

— Mais oui. Il faut bien que je me remette au travail, non ?

Elles se taisent de nouveau, buvant de petites gorgées de thé, s'observant l'une l'autre, ouvertement, comme deux sœurs justement.

— Tu as l'air d'aller mieux, dit Dora au bout d'un moment, lui resservant du thé vert.

— Tu trouves ?

— Oui, je trouve, répond-elle, esquissant même un petit sourire. Tu as meilleure mine. Une meilleure voix aussi.

Elle sourit elle aussi, soudain contente d'être là, en face de la *sorella*. C'est un touriste italien de son hôtel du bord de mer, il y a plus de trente ans de ça, qui lui avait demandé de lui présenter cette amie venue lui rendre visite un dimanche après-midi. Elle est trop belle, trop classe ! s'était-il exclamé. *E la mia sorella*, avait-elle rétorqué. *La tua sorella ?* Mais non, vous me faites marcher. Ce n'est pas possible. Vous ne vous ressemblez pas du tout. Vous devriez regarder un peu mieux, avait-elle rétorqué, vexée et fière à la fois.

— En fait, je suis venue pour que tu me joues quelque chose au piano, Dora. Du Chopin. Ou une fugue de Bach. Je voulais te le demander la dernière fois, puis j'ai oublié.

— C'est vrai ? Tu es venue pour ça ?

Non, ce n'est pas vrai. Mais elle vient d'y penser. Elle vient de penser qu'elle voudrait qu'elles aillent dans le salon, que Dora se mette au piano et qu'elle joue pour elle une fugue de Bach.

33

Et ce qui s'est passé après la visite chez la *sorella*, à la fin de cette journée dont elle n'avait aucune idée de comment elle allait se terminer, va-t-elle s'en souvenir ? Le soir, quand elle est rentrée à la maison, qu'elle s'est couchée pendant un moment dans sa chambre – elle a failli s'endormir d'ailleurs – puis a pris une douche et s'est changée avant d'aller rejoindre Tobias dans le salon.

— Qu'est-ce qu'on fête ? s'exclame-t-il quand il la voit entrer et venir s'asseoir à côté de lui sur le canapé.

— Pourquoi ?

— Parce que vous êtes très jolie ce soir, Nastia. Elle vous va très bien, cette robe.

Elle sourit. Sa robe talisman bleue, en soie et petits nœuds sur le décolleté, serrée à la taille, une longue fermeture éclair jusqu'aux fesses, dont elle ne se rappelle même pas quand elle l'a portée pour la dernière fois.

— Je la prends toujours dans ma valise, même si après je ne la mets pas.

— Vous avez bien fait de la mettre ce soir, dit-il, songeur.

— Vous trouvez ?

Il fait oui avec la tête, tout en continuant à l'examiner d'un air expert et approbateur.

— Je devrais aller me changer, moi aussi.

— Non, fait-elle.

— Non ?

Elle le dévisage à son tour, attentivement, longuement, comme s'il lui en avait donné l'autorisation.

— Vous êtes bien comme ça, dit-elle enfin. Sauf...

— Sauf quoi ?

— Cette mèche sur le front. Ça ne vous énerve pas d'avoir toujours quelque chose dans les yeux ?

Il attend un peu, comme s'il avait besoin de réfléchir pour répondre. Puis il se lève et disparaît dans la cuisine. Elle l'entend ouvrir les tiroirs, chercher quelque chose.

— Voilà, dit-il en revenant avec une paire de ciseaux. Coupez ! Coupez tout ce que voulez. J'ai envie de vous plaire.

Elle éclate de rire. Est-ce qu'on lui a déjà dit une phrase comme ça ? Est-ce qu'un homme lui a jamais déclaré, d'une façon aussi simple et claire, qu'il voulait lui plaire ?

— Tu es sérieux ?

— Parce que je n'en ai pas l'air ?

— Je ne sais pas couper les cheveux.

— Ça ne doit pas être bien sorcier, non ?

Ils échangent un bref regard comme s'ils se jetaient à l'eau.

— Viens alors ! On va dans la cuisine, dit-elle d'une voix décidée.

Elle va chercher une serviette et son peigne dans la salle de bains, pendant qu'il ouvre une bouteille de vin rouge – c'est la dernière, dit-il – et leur sert deux verres avec quelques rondelles de saucisson et un bout de fromage.

Ils boivent un peu, puis s'installent à côté de la table, lui sur une chaise, elle derrière lui, son peigne et les ciseaux à la main.

— Tu m'as tutoyé ? demande-t-il quand elle commence à raccourcir sa mèche.

— Il me semble, oui.

Il éclate de rire.

— Ne bouge pas ! Ne dis plus rien.

— Très bien, je ne dis plus rien. Juste une chose. Il faut que je te dise une chose.

— Non ! Pas maintenant. Je dois me concentrer.

C'est vrai. Elle doit se concentrer sur ce qu'elle fait. Ce n'est pas tous les jours qu'elle coupe les cheveux de quelqu'un, avec des ciseaux de cuisine en plus, pas tout à fait indiqués pour ça, c'est le moins qu'on puisse dire. Et puis elle veut rester calme, ne pas se laisser troubler par cette soudaine proximité entre eux, ni par le virage qu'a pris cette soirée. Un virage intime, dans le sens étymologique du mot, c'est-à-dire proche, très proche, auquel elle ne s'attendait pas, et lui certainement pas non plus.

Alors elle ne veut pas parler, pas tout de suite en tout cas, ne pas lui dire que son vol de retour est prévu dans deux jours, un jour et demi même, ni lui demander s'il a des nouvelles de ses analyses de sang : ils ont encore le temps pour ça. Juste profiter de ce silence entre eux et continuer à lui couper les cheveux comme elle est en train de le faire, le plus sérieusement possible tout en réprimant un rire joyeux dans sa gorge.

Toujours concentrée, elle baisse le regard sur le petit tas de cheveux par terre. C'est peut-être assez, pense-t-elle. Oui, c'est assez, elle ne va pas s'aventurer plus loin bien qu'elle ait envie de continuer.

— C'est fini ? Je peux parler ?

— Non, pas encore. Mais on peut boire un petit verre avant...

Elle vient s'asseoir en face de lui. Ce n'est pas mal ce qu'elle vient de faire. Ça dégage le visage, lui donne un air plus jeune, plus vigoureux. On voit mieux son regard sombre, mais pas ténébreux ou mélancolique. C'est ce qu'elle s'est dit quand elle l'a vu la première fois : un regard sombre, mais pas ténébreux ou mélancolique.

Ils boivent un autre verre, visiblement à l'aise tous les deux, détendus, confiants, se laissant porter par quelque chose sans savoir trop ce que c'est, l'alcool, le plaisir d'être là, dans cette cuisine qu'ils connaissent bien, leur cuisine à eux, avec cette table en formica des années soixante-dix, les placards jaunes et le vieux frigidaire qui fait du bruit. Pendant que dehors, la nuit est devenue presque noire, avec des petites lumières au loin comme s'ils étaient au bord de la mer.

— Il y a cette barbe aussi..., murmure-t-elle tout en continuant à le dévisager.

— Qu'est-ce qu'elle a, ma barbe ?

Elle boit encore un peu de vin, sourit toute seule.

— Je ne sais pas..., dit-elle, songeuse. Je n'ai jamais fait l'amour avec quelqu'un qui a une barbe.

— Tu veux essayer ?

Qu'est-ce que j'ai dit ? Comment ai-je pu prononcer une phrase pareille ? pense-t-elle, ébahie, effarée, tout en la trouvant merveilleusement osée.

— Viens ! dit-il en se levant et en lui tendant une main.

— Non, attends un peu..., répond-elle, soudain beaucoup moins sûre d'elle.

— Si, viens !

— Attends, je te dis...

— On ne dit plus rien. On le fera plus tard.

34

Et ce mélange de hardiesse et d'hésitation qui la saisit quand ils se retrouvent dans sa chambre, va-t-elle s'en souvenir ? Hésitation plus que hardiesse, timidité même, appréhension, émoi, de sorte qu'elle ne veut pas ôter sa robe, pendant que lui, de son côté, enlève ses vêtements sans attendre, avec beaucoup de naturel, se retrouvant tout nu à côté d'elle, très beau dans l'éclat mat de sa peau couleur de miel.

Et puis ce moment précis où ça commence à lui plaire, l'idée de rester habillée, de garder encore un peu sur elle cette jolie robe qu'elle va finir par enlever, bien sûr qu'elle va le faire, mais pas tout de suite, pour que le chemin soit plus long et la nudité en dessous plus profonde. Une robe qui lui va bien, elle le sait, achetée à une brocante il y a longtemps, ce qui veut dire une robe qui a déjà été beaucoup portée, peut-être même au lit, c'est ça, c'est peut-être une robe pour aller au lit, se dit-elle, pourquoi pas, une robe bleu nuit dans des draps blancs, souple, douce, légère, séduisante, sexy, très sexy…

Elle se raconte une histoire, elle le sait bien, pour ne pas penser, pour ne pas avoir peur – parce que ça fait peur de coucher avec quelqu'un, et encore plus si ce quelqu'un est un jeune homme qu'elle connaît à peine –, pour se laisser entraîner dans le jeu de l'excitation et du désir, surtout qu'elle a l'air de lui plaire, cette robe, elle le voit bien.

— Tourne-toi, lui dit-il, on va l'enlever comme il faut.

— Non, on la garde encore un peu, répond-elle, en se mettant sur le ventre.

— Très bien, on la garde encore un peu, marmonne-t-il, se couchant sur elle de tout son poids, l'embrassant dans le cou, se pressant contre elle, lui faisant sentir son désir, disant que de toute façon, il l'a déjà vue toute nue, le jour où elle s'était endormie l'après-midi.

— Toute nue ?

— Presque toute nue, rectifie-t-il.

Elle se remet sur le dos parce qu'elle a envie de le voir, pour se dire qu'elle ne rêve pas, c'est vraiment eux, couchés dans ce lit. Lui, Tobias, son regard sombre, sa peau de miel et sa barbe, c'est drôle, une barbe, c'est doux, ça pique à peine, c'est comme de la mousse, de la soie sauvage… Et elle, Nastia, dans cette robe toute froissée et humide qui lui colle à la peau, mais la laisse libre de ses mouvements. Alors quand il se relève, elle le fait aussi, vient même s'asseoir sur lui, ne pensant plus à sa robe, s'en fichant complètement, il peut en faire ce qu'il veut, et pas que de la robe d'ailleurs, se dit-elle en s'agrippant à lui, ne voulant plus le lâcher jusqu'à ce qu'elle s'entende pousser un petit cri, mêlé au sien.

— Est-ce que tu peux m'aider à enlever cette robe, s'il te plaît, j'ai trop chaud, beaucoup trop chaud…, souffle-t-elle, toujours contre lui, ne supportant plus ce bout de tissu sur elle.

Il se met à rire, l'embrasse dans le cou, puis descend

la longue fermeture éclair, lentement, avec plaisir, pour qu'elle puisse l'enlever, la laisser tomber par terre, voilà, et se retrouver enfin nue à côté de lui.

— Tu es drôle, tu sais..., dit-il au bout d'un moment, glissant un long regard sur elle.

— Drôle ?

— Mhmm...

— Qu'est-ce que tu veux dire par là ?

Il continue à la regarder.

— Que tu vas me manquer, Nastia. Tout ce que je connais de toi va me manquer. Ta façon de sourire, de manger les fraises... De me regarder de travers, de te mettre en colère, de donner une tape au frigidaire, de dire les choses sans détour. D'être superbement incontrôlée. Même ta robe, elle va me manquer.

— Ma robe ?

— Mhmm..., dit-il, sérieux.

— Pourquoi tu me dis ça, Tobias ? souffle-t-elle tout bas, roulant sa tête vers lui.

— J'ai parlé avec mon médecin cet après-midi. Il veut que je rentre à Bruxelles.

— Parce qu'il y a quelque chose qui ne va pas ? demande-t-elle, soudain inquiète.

Il se met sur le dos, expire longuement.

— Il ne sait pas. Les résultats de mon analyse ne sont pas bons. Mais ce n'est pas la première fois que ça arrive. C'est même assez courant. Pas besoin d'en faire toute une histoire.

— Et pourquoi tu ne me le dis que maintenant ?

— Je voulais t'en parler tout à l'heure quand tu me coupais les cheveux, tu ne te rappelles pas ?

Si, elle se rappelle qu'elle voulait prolonger encore un peu le silence entre eux, léger et joyeux, se disant qu'ils avaient tout le temps de parler. Et elle a bien fait : s'il lui avait dit ce qu'il vient de lui dire, ils ne seraient probablement pas couchés ensemble dans son lit, à se parler ainsi.

— Tu peux t'imaginer ce que ça me fait de devoir partir, dit-il en se tournant de nouveau vers elle. Je n'ai pas fini ce que je voulais faire. Je n'ai pas pu voir les deux créateurs de marionnettes. Je n'ai pas assez parlé avec les gens, ceux qui viennent tous les vendredis et qui sont tout sauf indifférents. Et Žižek, bien sûr, qui ne sait toujours pas s'il veut m'accorder une interview…

— Qu'est-ce que tu voudrais lui poser comme questions, dis-moi ?

— Ça t'intéresse ?

— Mhmm…, fait-elle en les couvrant avec son drap.

— Je ne sais pas… Comment se révolter aujourd'hui ? Comment vivre dans ce monde cynique et désenchanté, et garder malgré tout un peu d'espoir ? Est-ce qu'il est fier de ses compatriotes, de ce mouvement citoyen inédit, devenu un acteur politique sans se mettre au service d'un parti politique ? Je le laisserais improviser, me raconter une blague… Il sait très bien faire ça. Tu m'écoutes ?

— Mais oui !

— Et puis j'aurais voulu rester encore là, avec toi. Dans cet appartement, dans cette ville… Toi et moi, au milieu de ce monde sens dessus dessous.

— Toi et moi, dans ce monde sens dessus dessous, répète-t-elle, tel un écho au loin.

— Tu te moques de moi, c'est ça ?

— Non, pas du tout. C'est juste que je vais m'en aller,

moi aussi. Et que j'aime bien cette expression, « sens dessus dessous ».

— Tu vas partir ? Demain ?

— Après-demain. J'ai un vol à midi.

— Et tu ne me le dis que maintenant ?

— Il y a autre chose que je ne t'ai pas dit non plus. Que je suis allée voir ma sœur, par exemple.

— Une bonne chose de faite. Je suis content. Et alors ? Comment va-t-elle ? demande-t-il en souriant.

— Elle m'a joué du Chopin. Elle joue bien. Très bien même. Elle a hésité longtemps entre la médecine et la musique.

Elle s'assied en s'appuyant contre le mur, et laisse glisser son regard autour d'elle. Les murs gris-vert, la table qui sert de bureau, avec ses livres, son cahier tout chiffonné…

— Et puis…

— Et puis quoi ?

— Cette chambre. Je la connais. J'y suis entrée une fois quand tu n'étais pas là. J'ai regardé tes affaires… J'ai même ouvert ton cahier.

— C'est vrai ? Et alors ? demande-t-il, surpris tout de même, déconcerté.

— Rien. J'ai lu juste le titre. *Les cycles de la révolte*, c'est bien.

Il continue à la regarder, toujours un peu surpris et déconcerté.

— Tu es drôle, c'est sûr… Je ne pensais pas que j'allais me retrouver au lit avec toi quand je suis venu ici avec Marko et que tu nous as fait un café, tu te rappelles ?

— Et moi encore moins, tu peux me croire…, dit-elle. Je pensais même que ça ne m'arriverait plus jamais, ajoute-t-elle, à peine audible.

— Tu n'as pas faim, toi ? demande-t-il au bout d'un moment, posant sa tête sur son ventre.

— Si. Mais je voudrais rester encore un peu ici.

— Viens, on va voir s'il y a encore quelque chose à manger dans la cuisine. Puis on va revenir ici. Lève-toi !

— Non !

— Si ! Lève-toi.

35

Bien sûr que je vais m'en souvenir, se dit-elle le lendemain, se resservant un peu de café tiède.

Elle va se souvenir de tout, dans le moindre détail.

Du chemin qu'ils ont pris pour sortir de la ville, des nuages blancs, étrangement immobiles et comme suspendus dans le ciel, de l'apparition soudaine de l'église derrière un grand tilleul. Du silence qu'ils ont partagé, assis chacun sur son banc. De la conversation quand ils marchaient ensemble dans la vieille ville et que leurs pas résonnaient sur les pavés. De la soirée qui a commencé avec sa robe et s'est poursuivie – toujours avec sa robe – dans son lit.

Puis de ce qui s'est passé après – elle a fini par se lever – dans le salon où ils ont improvisé un dîner, leur dernier, avec tout ce qu'ils ont pu trouver dans le frigidaire, le reste du fromage, du saucisson, des radis, même quelques fraises, assis sur le tapis, le dos contre le canapé, picorant dans les deux assiettes, posées entre eux.

En fait, c'était un pique-nique, un pique-nique sur le tapis. Un pique-nique joyeux, et un peu triste aussi. Ils ont bu le reste de vin, un petit verre chacun. Puis ils se sont levés et ont rapporté les assiettes et les verres à la cuisine.

Viens, on retourne dans ma chambre, a-t-il dit quand ils ont eu tout rangé et éteint la lumière. On va enlever ta robe cette fois.

Non, a-t-elle répondu.

Si, bien sûr que si, a-t-il insisté en riant et en posant sa main sur sa taille. On va dormir ensemble. Non, on va chacun dans son lit, a-t-elle dit. C'est mieux comme ça. Quoi ? Tu ne veux pas venir ? Non, je n'arriverai jamais à m'endormir à côté de toi, tu ne me connais pas... Si, viens, Nasti... Je vais attendre que tu t'endormes. Je te le promets. Je voudrais te voir dormir.

Elle s'est approchée encore un peu de lui. Elle avait envie de lui redire que c'était mieux comme ça, chacun dans son lit, il avait besoin de se reposer avant son voyage, et elle aussi, parce qu'elle avait plein de choses à faire le lendemain, en sachant bien qu'elle n'y arriverait pas, qu'elle penserait à lui et à tout ce qui leur était arrivé. Même si elle avait beaucoup aimé sa dernière phrase et qu'elle voulait le lui dire, le remercier, pas juste pour cette phrase, mais pour le reste aussi, c'est ça, pour tous ces moments qu'ils avaient passés ensemble.

Puis finalement, elle n'a rien dit, parce qu'elle ne voulait pas être sentimentale. Et parce que, à y réfléchir un peu, un tout petit peu, c'était la meilleure façon de se dire au revoir, là, dans le noir justement. Alors elle a juste pris sa main et l'a posée sur son visage comme il l'avait fait, lui, quand il était venu s'asseoir à côté d'elle dans l'église, avant de se tourner et de disparaître dans sa chambre.

Et maintenant elle est là, assise à leur table de cuisine, dans sa nuisette, pieds nus, à cette place qui est la sienne, à boire le reste du café, laissé par Tobias, comme les autres jours. Hier soir, elle a mis une éternité à s'endormir, et elle s'est réveillée tard, quand il n'était plus là.

Finalement, ils n'auront jamais pris de petit déjeuner ensemble, se dit-elle, observant longuement cette cuisine très années soixante-dix avec son côté scandinave, et ce vieux frigidaire de marque slovène Gorenje, auquel il faut donner une tape pour qu'il arrête de faire du bruit. Bien que ce matin – en fait, ce n'est plus le matin depuis un moment déjà – on n'entende rien. Tout est étrangement silencieux, même le chantier à côté. Et le ciel est clair, presque sans nuages.

Elle se lève et va s'asseoir au salon, une jambe repliée, l'entourant de son bras, comme elle le faisait au début quand elle habitait seule ici et que le temps lui semblait beaucoup trop long.

C'est décidément l'endroit le plus agréable de cet appartement, son centre névralgique, se dit-elle, repensant à la première fois où elle est entrée dans cette pièce, avec Marko – il faut qu'elle l'appelle d'ailleurs –, et s'est exclamée qu'il était trop grand pour elle, avant de changer soudain d'idée.

En fait, c'est un appartement pour deux. Un appartement pour elle et Tobias, se dit-elle en passant devant la chambre qui est toujours la sienne bien qu'il n'y ait plus rien de lui ici. Plus de chaussures dans l'entrée. Plus d'anorak bleu suspendu à côté de son imper. Et si elle allait dans la salle de bains, plus de brosse à dents à côté de la sienne non plus, ni son dentifrice ou son shampoing.

— Bonjour, Marko, dit-elle en revenant au salon avec son téléphone.

— Bonjour. J'ai pensé à vous aujourd'hui. Je voulais vous demander comment ça allait.

Il a toujours cette voix jeune, amicale et chaleureuse.

— Bien, oui, plutôt bien. Je vais partir samedi.

— Ce samedi-là ? Demain ?

— Oui, c'est ça, demain. Alors il faudra qu'on se voie pour que je vous règle ce que je vous dois.

Il attend un peu avant de répondre.

— Vous ne me devez rien, Nastia. Je croyais que vous le saviez.

— Comment ça, rien ?

— C'est Tobias qui a payé.

— Pour les deux ?

— Pour les deux. Pour tout le mois, en fait. Je lui ai fait un prix au mois.

Maintenant c'est elle qui se tait.

— Je ne sais pas si vous avez eu le temps de le connaître un peu. Est-ce qu'il vous a parlé de sa mère ?

— Un peu, oui...

— Vous savez alors qu'elle possédait une marque de chocolat belge. Une petite marque très renommée. Ou pour le dire autrement : Tobias a eu beaucoup de problèmes de toute sorte dans sa vie, mais pas de problèmes d'argent. Vraiment pas.

Ils se taisent de nouveau.

— Mais on va peut-être se voir ce soir, non ? dit-il.

— Ce soir ?

— Mais oui, c'est vendredi. Et aujourd'hui, ça va commencer devant Prešeren.

36

C'est vendredi. Et ça va commencer devant Prešeren. Pas besoin d'autre précision. Tout le monde connaît la place et Prešeren, le plus illustre des poètes slovènes dont la statue en bronze, avec sa fière allure, ses cheveux ondulés et son regard lointain posé sur le visage sculpté en bois de sa bien-aimée, Julija Primic, à la fenêtre d'un immeuble bourgeois en face, ne ressemble en rien à la réalité.

Né à l'aube du dix-neuvième siècle dans l'Empire austro-hongrois, fils rebelle d'une famille paysanne aisée qui le destinait à la prêtrise, Prešeren a étudié le droit à Vienne et connu l'échec toute sa vie : professionnel, social, amoureux, sans parler de son alcoolisme dont il est mort à quarante-neuf ans. Un pauvre type qui a fait trois enfants à une bonne qu'il n'a jamais reconnus, et qui, la trentaine bien entamée, s'est amouraché d'une adolescente de la bourgeoisie germanophone ljubljanaise, de vingt ans sa cadette, qu'il a poursuivie de son obsession, allant jusqu'à louer une page de journal pour lui déclarer publiquement sa flamme en vers. Une flamme immature et déplacée dont elle ne voulait pas, qui la mettait mal à l'aise et la faisait certainement mal voir de son entourage : d'ailleurs elle s'est mariée peu de temps après avec quelqu'un de son rang.

Sa seule fierté a été un mince livre de poésie, paru deux ans avant sa mort. Si aujourd'hui on connaît le nom de Julija Primic, c'est que le poète l'a immortalisée dans sa magnifique couronne de quinze sonnets. La *corona*, forme poétique la plus exigeante qui soit, la plus cyclique aussi, étant donné que le dernier vers de chaque sonnet constitue le premier du suivant – *the first last*, comme l'écrit à double sens, physique et métaphysique, John Donne dans une autre *corona*, ses célèbres *Holy Sonnets* –, tous ces vers formant ensemble le dernier des sonnets, surnommé « le magistral », un acrostiche composant le nom de sa muse. Celle qui ne voulait surtout pas l'être.

C'est bien des années après la mort du poète que ses compatriotes ont compris que son petit livre de poésie était un trésor, un trésor unique, et que Prešeren avait élevé leur petite langue, surtout parlée jusqu'alors par les paysans et les artisans, les bourgeois s'exprimaient en allemand, au rang d'une langue littéraire accomplie, capable d'exprimer les émotions les plus variées dans des formes poétiques des plus sophistiquées. La poésie, sa seule confiance en soi, devenue pour longtemps la seule confiance en soi de tout un peuple.

Depuis, ils lui vouent un respect et une reconnaissance sans bornes : le jour de sa mort est célébré comme une fête nationale, tandis que l'hymne de la jeune république reprend les vers d'un de ses poèmes. Manifester là, sous son regard, est tout sauf anodin, pense-t-elle pendant qu'elle marche vers la place en longeant la rivière pour ne pas prendre toujours le même chemin par la rue Trubar, dont elle commence à connaître par cœur les vitrines et les graffitis.

À vrai dire, elle n'avait pas prévu d'y aller. Elle voulait passer la journée à ranger ses affaires, remettre un peu d'ordre dans l'appartement, faire quelques courses, envoyer un texto à Tobias pour lui demander s'il était bien rentré et le remercier d'avoir payé pour eux deux, puis aller s'asseoir un moment sur son banc, avant de monter chez Zarja et passer la soirée avec elle. Si elle le pouvait, bien sûr, si elle était rentrée et n'était pas avec son père.

Mais le téléphone de Zarja sonnait dans le vide. Il avait dû se passer quelque chose.

Soudain, elle n'avait plus envie d'aller faire les courses, de préparer ses affaires ou de ranger l'appartement – ça pouvait attendre le soir, ou même le lendemain – et n'arrivait pas à écrire un message à Tobias : en fait, elle en avait écrit plusieurs, trois, quatre, qu'elle avait effacés l'un après l'autre.

Alors elle a pris son gilet – il pouvait faire frais le soir – et elle a fermé la porte.

Est-ce qu'elle sonne chez Mme Grm pour lui annoncer qu'elle s'en va le lendemain, qu'elle est ravie d'avoir fait sa connaissance et d'avoir parlé avec elle ? Et lui demander par la même occasion si elle sait pourquoi Alma avait encadré la photo du *Baiser*, la sculpture de Brancusi qui orne la tombe d'une jeune exilée russe au cimetière du Montparnasse.

Non, ça peut attendre aussi. Ça peut attendre ce soir, ou même demain matin.

37

Quand elle arrive place Prešeren, elle a du mal à en croire ses yeux : elle est noire de monde. Et des gens continuent d'affluer de partout, de la rue Trubar, de la rue commerçante qui mène à la poste, des quais et même du Triple Pont.

Ce n'est pas tout à fait la même foule que celle de la semaine dernière. À pied, plus vaste, plus compacte, plus rouge surtout. Beaucoup de drapeaux avec la bicyclette sur les trois cimes, beaucoup de banderoles de toute sorte, slogans politiques, mais aussi poétiques – il y a même une citation de Flaubert –, ou écologiques, comme une inscription portée par un jeune homme sur son sac à dos : *le monde se meurt et on le voit pas.* Puis, curieux, beaucoup de tee-shirts rouges à l'effigie de Cankar, un autre auteur vénéré des Slovènes, pourtant pas vraiment tendre avec ses compatriotes, ou de Kosovel, un poète moderniste très doué, mort à seulement vingt-deux ans.

Est-ce que je pourrais imaginer une chose semblable en France ? Une manif contre le gouvernement avec des gens qui citeraient Zola, Rimbaud ou Hugo sur leur poitrine, se demande-t-elle ?

Non, je ne le crois pas. Les Slovènes sont un peuple

jeune, devenu un sujet historique relativement tard, pendant la Seconde Guerre mondiale, quand ils ont pris en main leur destin en organisant une résistance massive contre l'occupant allemand, se libérant pratiquement tout seuls. Ils ne peuvent pas s'enorgueillir de leurs rois puisqu'ils n'en ont jamais eu. Ils ne peuvent pas non plus porter au pinacle leurs hommes providentiels, rares, pour ne pas dire inexistants. En revanche, ils peuvent s'identifier à leur langue et à leurs poètes. Ce n'est pas pour rien que les formations militaires de résistance portaient des noms de poètes et d'écrivains, et que la création artistique, la poésie surtout, mais aussi le théâtre et la danse, faisait partie du mouvement de libération au même titre que la lutte armée et politique. Et ce n'est certainement pas pour rien non plus que depuis le début des protestations cyclistes, comme on les appelle, on laisse la parole aux poètes, qui écrivent des poèmes d'une semaine à l'autre et les lisent sur des estrades improvisées.

Elle voudrait s'approcher de l'escalier de l'église framboise, qui sert de scène, pour mieux voir ce qui s'y passe. Ou au moins se hisser sur le piédestal de la statue du poète, pour avoir un peu plus de recul, apercevoir peut-être Marko et prendre quelques photos. Mais elle n'est visiblement pas la seule à y avoir pensé. Et puis ce n'est pas facile de se frayer un chemin parmi tout ce monde. C'est même impossible.

Alors elle reste où elle est, au milieu de la place, à côté d'un homme corpulent en polo noir orné de l'autocollant au vélo rouge, accompagné d'une adolescente aux cheveux blonds ramassés en une longue queue-de-cheval, sa fille certainement, et derrière celui qui porte l'inscription sur le monde qui se meurt sur son sac à dos.

Finalement, c'est aussi bien comme ça. Il fait beau, ni trop chaud ni trop froid, avec beaucoup de ciel bleu et des nuages légers, presque transparents : un temps parfait pour être dehors. Un temps parfait pour être au milieu de tous ces gens, observer leurs visages et essayer d'entendre ce qui se passe sur les marches, car la sonorisation est plus que sommaire. Mais peu importe, ils ne sont pas venus assister à un concert, surtout qu'ils ont l'air de connaître la chanson interprétée par une jeune femme à la voix puissante. Ou celle qui suit, un chant de partisans entonné par une chorale de femmes de Trieste et accompagné à l'accordéon.

— Nous sommes bien nombreux aujourd'hui, vous ne trouvez pas ? Bien plus nombreux que la dernière fois, dit-elle en se tournant vers l'homme corpulent à côté d'elle, remarquant à peine qu'elle vient de dire « nous ».

— C'est normal, c'est un vendredi spécial. Il y a des gens de partout, de toute la Slovénie, répond-il, jovial.

— Et vous, vous êtes venu pourquoi ?

Il lui lance un regard étonné.

— Vous voulez savoir ce que je fais là, c'est ça ? demande-t-il, toujours jovial.

Elle hoche la tête, pensant à Tobias. Il aurait certainement voulu poser cette question s'il avait été à côté d'elle.

— Vous voyez la grande banderole rouge devant l'escalier ?

— Laquelle ? Celle où est écrit : « à bas le gouvernement » ?

— C'est ça. Voilà pourquoi je suis là. Je ne veux pas d'un gouvernement qui prend des leçons de dictature chez Orbán. Qui met à sa botte nos médias. Qui veut privatiser l'eau potable. Qui réécrit notre histoire. Qui méprise tous ceux qui ne pensent pas comme lui. Alors, depuis un an et demi, je viens tous les vendredis. Enfin, presque tous les vendredis. Et je vais continuer, jusqu'aux élections s'il le faut. S'il ne tombe pas avant. Ça vous va comme réponse ?

Elle acquiesce en hochant la tête.

— Tu ne dis pas que tu viens aussi pour retrouver les gens que tu connais et pour aller prendre quelques bières avec eux ? remarque sa fille avec un sourire amusé.

— Bien sûr ! Toutes les occasions sont bonnes pour boire un coup, non ? Et vous, madame ? Pourquoi êtes-vous là ? demande le père.

— Moi ?

— Oui, vous.

38

Est-ce qu'elle peut dire avec certitude à quel moment elle a décidé de rester, de ne pas repartir le lendemain comme prévu, de reporter son vol et de laisser venir ce qui arrive ?

Quand, déconcertée, prise au dépourvu, elle n'a su que répondre à l'homme au polo noir ? Quand la foule s'est mise à bouger, à s'écouler dans les rues qui remontent vers la place de la République et qu'elle s'est jointe au cortège ? Quand la police, en rangs serrés, a fermé la place de la République pour les empêcher d'y accéder, et qu'ils se sont dispersés, avec un nouveau mot d'ordre : on va ailleurs, rendez-vous devant la piscine municipale à l'entrée du centre-ville ?

Ou bien plus tard, à la tombée du jour, quand elle se retrouve au grand carrefour, devant la piscine municipale, ou plutôt en dessous, sur le trottoir, ayant perdu en route le père et la fille ? Quand elle embrasse du regard tous ces gens amassés sur les trottoirs, dans les rues, partout où il y a de la place, et qu'elle est soudain heureuse d'être là, dans cette grande foule, joyeuse, rebelle et visiblement ravie d'avoir rusé avec la police ? Quand le jeune homme pâle aux fines lunettes métalliques, en surplomb sur le talus devant la piscine et ses panneaux publicitaires, les salue sur cette nouvelle place de la République – car la place de la République est là où nous sommes, scande-t-il – et que la foule se met à applaudir, à jubiler, à crier de joie ? Quand elle tourne la tête de nouveau – cette fois, elle est au premier rang, juste devant le talus – et qu'elle la voit, cette joie, elle est partout, elle rayonne sur les visages, éclaboussés par les derniers rayons de soleil, elle est dans l'air, elle est palpable, vibrante, contagieuse, elle dit non et oui à la fois, non à la politique de ce gouvernement et ses sbires, oui à leur force et à leur conviction qu'on peut faire différemment, qu'on doit faire différemment et que c'est possible d'accomplir quelque chose ensemble qui ne peut être accompli séparément, d'ailleurs ils sont tous invités à participer à la plateforme du mouvement avec des propositions concrètes ? Quand elle échange quelques phrases avec un photographe à côté d'elle sur le pouvoir de la photo de rendre visibles cet espoir, cet élan, cette joie, qu'ils doivent garder comme un trésor, et qu'elle pense à Tobias, au fait qu'elle aurait aimé qu'il soit là, à côté d'elle pour qu'elle puisse lui traduire ce qui se dit, ce qui se chante, et même quelques vers de poésie, car les poètes sont de nouveau là, il y a celui de « La liberté est un verbe », que les gens commencent à connaître par cœur et pourraient le réciter à sa place, puis un autre, metteur en scène de théâtre et poète, lui aussi, auteur d'un poème tout aussi connu et repris en chœur : « Nous avons même honte pour vous » ? Ou – et c'est son moment préféré – quand une femme quinquagénaire aux cheveux courts, un grand bouquet de roses à la main, se hisse, non sans mal, sur le talus, tendant une rose à chacun, aux chanteurs, aux deux poètes, puis à une femme aux cheveux blancs, qui se tient à côté d'une marionnette ?

Ou quand, soudain fatiguée de toutes ces émotions, elle a envie de faire demi-tour, de s'en aller, de rentrer à la maison, s'asseoir sur le canapé et envoyer un message à Tobias ?

Ou quand elle tente de se frayer un chemin dans la foule, qu'elle entend quelqu'un l'appeler – ce n'est pas Marko, non – et qu'elle découvre le visage d'une jeune femme brune avec de grosses lunettes qui lui fait un signe de la main, le visage de Nastia, car c'est elle, la Nastia de son banc, ou mieux : de leur banc à toutes les deux, et qu'elle lève à son tour la main pour la saluer de loin ?

Ou bien quand, une fois à la maison, elle s'assied sur le canapé et sort son petit carnet pour consigner en quelques mots la conversation avec l'homme au polo noir et sa fille, mais aussi avec le photographe qui était à côté d'elle devant la piscine ? Ou quand elle prend son téléphone et écrit un message à Tobias, sans hésitation cette fois, lui disant qu'elle est allée à la manifestation et qu'elle vient de prendre quelques notes pour lui ? En ajoutant qu'elle espère qu'il va bien et qu'elle l'embrasse.

Et plus loin, un post-scriptum : *Je ne pars pas demain. Je vais rester encore un peu.*

39

Quelques jours plus tard, elle est réveillée par un appel téléphonique. C'est peut-être Tobias, pense-t-elle, encore tout ensommeillée. Oui, c'est certainement lui. Il n'a pas répondu à son message parce qu'il préfère lui faire une surprise et l'appeler pour lui dire que tout va bien, il s'est inquiété pour pas grand-chose, comme souvent. De toute façon, ce n'est pas François, c'est sûr.

En fait, c'est Zarja.

— Bonjour Nasti, ne dis pas que je te réveille !

— Si.

— C'est bien. Il est huit heures et demie. Il fait beau. Debout ! La vie appartient à ceux qui se lèvent tôt, tu le sais bien.

— Attends un instant, s'il te plaît.

Il y a quelque chose de détendu dans la voix de son amie. De relâché, serein, joyeux même. La clarté et la netteté du matin après la tempête de la veille. Son père est mort, mais la vie continue. C'est ce que dit sa voix, pense-t-elle en allant ouvrir le rideau – c'est vrai, c'est une belle journée de printemps qui s'annonce – puis se remettant au lit, le dos contre le mur.

— Me voilà. Je ne sais pas ce que j'ai en ce moment. Je dors presque huit heures par nuit, tu t'imagines ! C'est fou. Je parle pour moi, tu sais bien.

— Oui, tu as raison. C'est complètement fou. Je parle pour toi..., dit Zarja en imitant sa voix comme elle sait si bien le faire.

— Je sais pourquoi tu m'appelles.

— Je ne t'ai pas répondu la dernière fois.

— Ton père est mort, n'est-ce pas...

— Comment le sais-tu ?

— J'ai deviné. Ce n'était pas bien difficile. Raconte-moi.

— On l'a enterré hier, dans son village au bord de la mer. Qu'est-ce que tu veux savoir ?

— Tout. Toi, Barbara, lui...

— J'ai bien fait de t'en parler. De prononcer son prénom. Barbara. C'était comme un déclic, tu vois...

— Oui.

— Tu m'as téléphoné au bon moment. Tu es toujours là au bon moment, Nasti.

— Tu crois ?

— Oui.

Elle l'entend allumer une cigarette et boire une gorgée de café froid.

— Quand j'ai raccroché, j'ai demandé à mon père son numéro de téléphone, et je l'ai appelée. Je lui ai dit qu'on revenait à la maison, que j'avais des choses urgentes à faire. Elle nous attendait. Elle a tout compris. On s'est enlacées toutes les deux. Je n'ai pas eu besoin de lui expliquer quoi que ce soit. On l'a installé dans sa chambre. Il était mort de fatigue, pauvre vieux. Il avait du mal à parler. Elle nous a fait un café. Puis je suis allée lui dire au revoir.

Elle boit une autre gorgée.

— C'était bien plus facile que je ne l'avais imaginé. Je l'ai serré contre moi. On s'est regardés. Je voulais lui dire qu'il était mon papa à moi, le meilleur au monde, et le remercier pour tout, pour son amour, pour sa délicatesse, pour tous les champignons que nous avons ramassés ensemble. Pour son humour aussi. Parce qu'il était drôle, mon papa, tu te rappelles ?

— Oui...

— Mais je ne l'ai pas fait. De toute façon, il le savait. Je ne voulais pas être pathétique. Je me disais juste que c'était probablement la dernière fois que je le voyais.

— Et lui ?

— Je ne sais pas. Il était très fatigué et semblait content d'être revenu chez lui. J'ai dit au revoir à Barbara aussi et je suis partie chez Sam.

— C'est qui, Sam ?

— Tu le connais. Mon premier amoureux. Le plus fidèle. Le scénariste-ébéniste, tu te souviens ? Enfin, plutôt ébéniste que scénariste. Celui qui a sa maison au bord de la Krka, la rivière que tu aimes bien. Je croyais que j'allais pleurer toutes mes larmes en roulant vers lui. Mais non, j'étais juste épuisée. Le soir, Sam a préparé un bon dîner, tu le connais, c'est un sacré cuistot. On a bu deux bouteilles à deux. On a même couché ensemble, ce qui n'était pas arrivé depuis très longtemps. Puis le lendemain, Barbara a appelé pour me dire que mon père était mort le matin, vers dix heures, et qu'elle était avec lui. Voilà toute l'histoire.

De nouveau, elles restent en silence.

— Merci de me l'avoir raconté, Zarja. J'ai beaucoup aimé ton papa, tu le sais.

— Je sais.

Elle pourrait ajouter que parfois, elle le lui enviait même, ce père généreux, drôle, attentif, qui emmenait sa fille adulte aux champignons, ce qu'elle adorait et ne voulait rater sous aucun prétexte. Je ne peux pas, je vais aux champignons, disait-elle.

— Tu ne veux pas qu'on se voie, Zarja ? J'ai envie d'être un peu avec toi. J'ai des choses à te raconter, moi aussi.

— Parce que tu es encore à Ljubljana, c'est ça ?

— C'est ça.

— Toujours seule, sans François ?

Elle ne répond pas tout de suite.

— Qu'est-ce qu'il y a ?

— C'est fini avec François.

— Fini ?

— Oui.

Un long silence.

— Fini depuis quand ?

— Depuis un moment déjà.

— Et tu ne me le dis que maintenant ?

Elle fait oui avec la tête comme si Zarja était assise en face d'elle, et qu'elle la scrutait de ses grands yeux gris clair qui savent écouter comme personne.

— Tu avais tes raisons, je suppose…

— C'est lui qui m'a quittée.

— Lui ?

— J'ai été surprise, moi aussi. Je ne m'y attendais pas. Je ne m'y attendais pas du tout. Il m'a dit qu'il avait quelqu'un d'autre. Une attirance.

— Eh bien… On va trinquer à ça. À son attirance…, dit-elle, soudain amusée, c'est ça, amusée.

— J'ai été bouleversée, Zarja. Je me sentais abandonnée, trahie, je n'avais goût à rien, le temps n'avançait plus. Et puis je ne pouvais pas dormir, tu me connais.

— C'est peut-être mieux comme ça, non ?

— Je ne sais pas. En tout cas, ne me dis pas que ça ne pouvait pas marcher entre nous, qu'on était trop différents tous les deux. Lui fermé, secret, disant rarement ce qu'il pense vraiment, dépendant de ce que les autres pensent de lui...

Elle pourrait ajouter : cruel, froid, glacial. Quand il est venu chez elle le matin après leur conversation téléphonique pour lui rapporter les clés de son appartement, elle lui a demandé de venir se coucher à côté d'elle dans son lit. Une idée extravagante, elle savait bien, d'autant plus qu'elle était dans un sale état : elle n'avait pas fermé l'œil de la nuit, sentait la transpiration et avait un mauvais goût dans la bouche. Il avait enlevé son manteau et l'avait suivie dans la chambre. Enlève ton pantalon aussi, avait-elle dit. Et tes chaussettes.

Ahuri, s'attendant à tout sauf à ça, ne sachant pas comment dire non, il a fini par se déshabiller et s'allonger à côté d'elle. Elle s'est approchée, a mis sa tête dans le creux de son épaule, contre son cou, comme elle le faisait pendant des années, et s'est serrée contre lui. Pour sentir un peu de chaleur, elle suppose. Pour être réconfortée après cette nuit impitoyable. Pour se dire qu'ils avaient vécu de belles choses ensemble et qu'elle ne les oublierait pas. Pour pouvoir se quitter bien. Pour pouvoir se lever aussi et commencer la journée malgré tout.

Il s'est raidi. Et puis il lui a dit, froidement, sèchement, que ce n'était pas la peine de se serrer contre lui, qu'il n'avait plus aucun désir pour elle.

Elle avait du mal à en croire ses oreilles. Mais c'est bien ce qu'il avait dit. Il a ajouté : Même si tu es encore séduisante…

C'est cette petite phrase inélégante, pour ne pas dire autre chose, qui lui avait donné la force de se lever et d'aller préparer du café.

Il l'a rejointe dans la cuisine. Elle a fait griller du pain. Ils se sont mis à table, comme tant de fois pendant toutes ces années. C'était une des choses qu'elle aimait particulièrement avec lui : prendre le petit déjeuner ensemble. S'asseoir l'un en face de l'autre, boire du café qui tiédissait sur la table, étaler le beurre et la confiture sur les tartines, et le regarder. Son visage était comme le ciel : changeant. Il pouvait être radieux, adorable. Ou bien nuageux, morose. Ou fermé et cruel, comme ce matin-là.

Il est trop fort, ce café. C'est tout ce qu'il a dit. C'est vrai, il était trop fort. Et puis il s'est levé et il est parti. D'habitude, il se retournait toujours pour lui lancer un dernier regard. Mais pas ce matin-là. Il n'y a pas eu de dernier regard.

— Je n'ai rien dit, Nasti.

— Mais tu l'as pensé, je sais bien.

— Un peu, oui.

— Tu vois…

— Je préférais ton photographe triestin, pour le dire autrement. Je ne sais plus comment il s'appelait…

— Federico. Federico Albi. Mais ça n'a pas duré bien longtemps. Puis ce n'était pas une vraie rencontre.

— Qu'est-ce que tu veux dire par là ?

— Une rencontre qui trouble, qui bouleverse ta façon de voir le monde, qui te décentre… Qui te reconfigure, si tu veux.

De nouveau, elles se taisent.

— J'ai pensé un moment aller à Trieste. Depuis le temps que j'ai envie d'y aller autrement qu'en coup de vent. Puis j'ai pris mon billet pour Ljubljana, va savoir pourquoi… En tout cas, je ne pouvais pas rester à Paris. Impossible.

— Qu'est-ce que tu fais, dis-moi, Nasti ? Je t'entends bouger, ouvrir une porte, faire couler de l'eau…

40

Qu'est-ce qu'elle fait ? Elle s'est levée. Elle est allée chercher un verre d'eau dans la cuisine, a jeté un coup d'œil sur le chantier en face, sur le ciel parfaitement bleu et elle est venue s'asseoir sur le canapé.

Depuis quelques jours – depuis le départ de Tobias – elle aime encore plus venir s'asseoir ici, comme si quelque chose de lui s'était déposé là, à cet endroit précis de l'appartement. Le matin, en se réveillant, avec son verre d'eau tiède à la main, comme maintenant. Ou bien plus tard dans la journée, pour réfléchir et prendre des notes.

Elle prend toutes sortes de notes. Pour elle, pour sa galerie. Car il faut bien qu'elle se remette au travail, non ?

Je suis encore à Ljubljana, a-t-elle dit à Sigrid. Mais je ne reste pas les bras croisés, ne vous inquiétez pas. J'ai répondu au courrier. J'ai vu que nous avions oublié de payer la note de l'électricien. Puis je travaille sur notre rouge. Je réfléchis à la signification que nous pouvons donner à cette couleur, aux questions que nous voulons soulever. Parce qu'on veut poser quelques questions, non ? Comment se révolter aujourd'hui. Comment ne pas être indifférent à ce qui se passe autour de nous. Comment ne pas se résigner même si on a toutes les raisons pour ça. Qu'est-ce qu'on peut faire alors ? Prendre sa bicyclette ?

Depuis que je suis là, je vois partout une image qui m'inspire et m'obsède. Une image de la révolte. Une bicyclette justement. Une bicyclette sur un fond rouge représentant les trois sommets du Triglav. Le Triglav, c'est le mont Fuji des Slovènes. Une montagne graphique avec ses trois têtes. C'est très graphique justement, cette image, reproduite partout, sur les affiches, les drapeaux, au pochoir par terre, sur les façades... Avec des variantes, mais toujours la même bicyclette, reconnaissable de loin. J'ai même vu un drapeau européen avec cette bicyclette au milieu, sans Triglav et en bleu, évidemment. Ça me fait penser à El Lissitzky, le formaliste russe, vous vous en souvenez ? On a beaucoup aimé ses affiches et son travail de typographe. Son rouge aussi. C'est l'œuvre d'un jeune artiste slovène. Vous ne comprenez pas ce que je vous raconte ? Ce n'est pas bien grave. Je vous expliquerai tout ça de vive voix quand on se verra.

Elle prend aussi des notes pour Tobias. Elle s'est mise à lire tout ce qu'elle pouvait trouver sur le mouvement citoyen appelé « protestations cyclistes » ou « protestations du vendredi », surtout dans les médias du régime, ouvertement hostiles voire dédaigneux. « Protestations illégales, dangereuses pour la société slovène tout entière, infiltrées par les anarchistes étrangers, dont le but est de créer un conflit avec la police et de transformer les protestations en spectacle de violence. Théâtreux insatisfaits et frustrés, dont deux marionnettistes qui paradent dans les rues avec leurs créations ignobles, comme leur tête de mort. »

Par ailleurs, elle a appris – elle se demande si Tobias le sait

– que les organisateurs du mouvement recevaient régulièrement des amendes pour manifestation illégale sur la voie publique et – comble du cynisme – des factures pour frais de protection policière, aux montants complètement délirants.

Et puis elle a rencontré le couple de marionnettistes. Enfin, elle ne les a pas vraiment rencontrés : elle s'est assise à leur table.

Hier, en fin d'après-midi, elle s'est arrêtée dans ce café à côté de l'hôtel de ville que lui avait montré Tobias en disant que c'était leur quartier général. Ce n'était pas la première fois qu'elle y entrait. Ils étaient assis à une longue table pas loin de l'entrée : cinq, six personnes dont le jeune homme pâle aux lunettes métalliques, et les deux marionnettistes, la grande femme menue, aux cheveux blancs et au regard vif, et son compagnon, plus âgé, plus discret. Elle s'est avancée vers eux sans savoir ce qu'elle allait dire. Je ne veux pas vous déranger, a-t-elle murmuré au bout d'un moment. Juste exprimer mon admiration pour ce que vous faites.

Ils se sont tous tournés vers elle. Je connais quelqu'un, un journaliste de Bruxelles, qui est en train d'écrire un article sur vous tous. Il voulait vous rencontrer, vous poser des questions, a-t-elle dit à la femme aux cheveux blancs. Puis ça ne s'est pas fait. Il est reparti à Bruxelles. Tobias ? Vous parlez de Tobias ? a demandé la femme aux cheveux blancs. Oui, Tobias, a-t-elle acquiescé. C'est dommage. On a dû annuler le rendez-vous. Il y avait trop de choses à faire au dernier moment. C'est souvent comme ça. On se laisse déborder… Vous voulez vous asseoir avec nous ? a-t-elle proposé, montrant la chaise libre à côté d'elle.

Voilà comment elle s'est retrouvée assise avec eux. Deux personnes, dans la soixantaine toutes les deux, qui depuis un an et demi mettent toute leur énergie, leurs forces et leur invention dans la création d'une scénographie inédite pour chaque vendredi. Certes, il y a quelques marionnettes géantes qui reviennent comme un leitmotiv, telle la grande tête morose ou la belle sorcière avec son balai. Les marionnettes sont un moyen de communication très fort. C'est comme un message sur une banderole avec la puissance de l'image en plus. L'image qu'il faut savoir lire. Sur la robe noire de la tête de mort, par exemple, ils ont inscrit un avertissement à la Magritte : *Ceci n'est pas la mort.* D'ailleurs, la marionnette a disparu. Partie avec quelqu'un. Volée certainement.

Revenue chez elle, elle s'est assise sur le canapé et a retranscrit plus ou moins fidèlement leur conversation, en soulignant ce qui lui semblait le plus important. À lui de voir ce qui peut l'intéresser pour son travail.

— Qu'est-ce que tu fais, Nasti ? Réponds-moi ! Tu es où ?

— Assise sur un canapé devant une fenêtre qui donne sur l'usine Rog. Sur le chantier de l'usine Rog, plus précisément, et l'ancienne villa avec son parc à côté.

— Rue Trubar ?

— C'est ça. J'ai loué un appartement au troisième étage d'un immeuble qui en compte quatre. Un appartement trop grand pour moi. Un appartement pour deux.

— Si j'avais su que tu étais à Ljubljana, je t'aurais laissé ma chambre et ma cuisine…

— Finalement, c'était très bien comme ça. Je l'ai partagé avec quelqu'un. Un jeune journaliste de Bruxelles. Tobias.

— Et tu ne m'as rien dit…

— Je voulais le faire, puis ce n'était jamais le moment. On a parlé d'autre chose, tu sais bien.

— Oui. Raconte-moi, maintenant.

Zarja a allumé une nouvelle cigarette. Elle aime bien fumer quand elle parle au téléphone.

— Au début, ça n'allait pas du tout entre nous. On s'énervait l'un l'autre. Je me demandais si je ne devais pas lui dire de déménager. Et puis ça a changé. Et depuis qu'il n'est plus là…

— Il est où ?

— Il a dû retourner chez lui. Il a des problèmes de santé. Je te raconterai quand on se verra…

— Ce ne sera pas tout de suite, Nasti. Je reste encore quelques jours chez Sam. J'ai sous-loué mon appartement jusqu'à la semaine prochaine. Mais je t'ai coupée, excuse-moi…

— Je ne sais plus ce que je voulais dire. En tout cas, c'est la meilleure chose qui me soit arrivée depuis que je suis là. Lui et les protestations du vendredi.

— Parce que tu y es allée ? Vendredi dernier, où il y avait un monde fou ? Tu étais là, au grand carrefour devant la piscine ?

— Mais oui, qu'est-ce que tu crois ! Et ce n'était pas la première fois.

— C'est vrai ? Je suis fière de toi ! s'exclame Zarja.

Elle sourit.

— Non, tu ne devrais pas.

— Si…

— J'y suis allée aussi pour lui, dit-elle tout bas.

— Pour qui ? Tobias ?

— Oui.

— Je ne comprends pas bien. Il faudra que tu m'expliques.

— Une autre fois, tu veux bien ? Parce que je vais peut-être me lever, non ?

41

Non, elle va rester encore un peu assise là, une jambe repliée sur l'autre, à écouter les bruits de la rue, contempler le jeu de lumière sur les murs, sur le parquet de chêne qui a perdu de son lustre, sur les deux fauteuils Rex, sur le bouquet de tulipes qui commence à baisser la tête, puis sur le citronnier qui a refait des feuilles.

Elle n'est pas pressée, elle a encore tout son temps pour se lever, aller préparer du café avec une tartine, prendre une douche, s'habiller, sortir…

D'ailleurs, c'est la seule chose que j'ai réellement, se dit-elle, cette sensation du temps qui passe. Ces instants qui sont en train de glisser dans le néant, l'un après l'autre, évanouis, perdus pour toujours, et qu'on appelle le présent.

Plus tard, quand elle descend la rue Trubar, les cheveux au vent, avec sa robe en soie – elle ne fête rien, elle avait juste envie de la mettre et de se sentir bien dedans –, elle repense à ce qu'elles se sont dit avec Zarja. À son père qui n'est plus de ce monde et à la voix de son amie qui a retrouvé son velours.

À François aussi, au fait qu'elle n'attend plus rien de lui – en tout cas plus aucun *comme la mer aime le menu gravier de ses profondeurs*, redevenu une belle phrase de Kafka, c'est tout –, puis à Tobias dont elle n'a aucune nouvelle.

Si elle est allée à la manifestation de vendredi, si elle a parlé aux gens, si elle a noté ce qu'ils lui ont dit… Si elle a pris des photos, un tas de photos… Si elle est entrée au Rez-de-Chaussée… Si elle s'est avancée vers la table où étaient assis les deux marionnettistes, si elle leur a posé deux, trois questions et si elle a noté leurs réponses… c'était pour lui, évidemment. Pour l'aider à avancer dans son travail. Pour faire à sa place ce qu'il n'a pas pu faire, lui.

Pour le remercier aussi. Le remercier de l'attention qu'il lui portait – l'attention comme forme suprême de générosité –, du regard qu'il posait sur elle, des mots qu'il lui disait. De la façon dont il a enlevé ma robe, songe-t-elle, sourire aux lèvres.

Mais elle le fait aussi pour elle. Pour se révolter, comme il lui a dit quand ils se sont assis sur les marches devant l'hôtel de ville. Ne plus se laisser abîmer dans le désespoir parce qu'on lui a préféré quelqu'un d'autre, ça arrive, tu n'es pas la première, ni parce que le désir serait une marchandise qui à un moment donné n'a plus cours, ce qui arrive aussi. Pour ouvrir un nouveau cycle, parce que la vie, c'est ça, une suite de cycles. Pour être capable d'inventer d'autres mots d'amour que ceux empruntés à Kafka.

Et puis elle se sent encore slovène, surtout quand son petit pays part à la dérive – et pas que son petit pays, d'ailleurs, il suffit de regarder autour de soi – et cela ne la laisse pas indifférente. Alors elle veut rester encore un peu et aller protester.

C'est à peu près à ce moment – et il faut qu'on la croie, même si ça peut paraître invraisemblable ou fantaisiste, mais Ljubljana est une petite ville où l'on croise facilement quelqu'un, surtout quand on n'a pas spécialement envie de le croiser, ou bien au contraire, quand on rêve de le rencontrer tout en ne croyant pas que ce soit possible –, c'est donc à ce moment-là qu'elle reconnaît une silhouette venant vers elle sur le même côté de la rue Trubar, pas loin du Réformateur.

Ce ne serait pas par hasard Slavoj Žižek ? se dit-elle, le fixant attentivement. Il porte un jean et un polo gris pas trop distendu. Sa barbe a blanchi, il s'est fait couper les cheveux – il n'a plus la même tignasse qui ne voyait jamais de peigne – et il a vieilli, comme tout le monde. Mais c'est bien lui, Žižek.

Qu'est-ce que je fais ? se demande-t-elle, étrangement calme, en le regardant avancer vers elle de sa drôle de démarche.

Est-ce que je passe à côté de lui en faisant semblant de ne pas le reconnaître ?

Ou bien au contraire, je marque le pas, je m'arrête, j'attends qu'il arrive jusqu'à moi, puis je lui adresse la parole, même s'il doit détester ça, les gens qui l'abordent dans la rue et qui veulent lui parler comme si c'était tout ce qu'il avait à faire, parler à des inconnus, c'est insupportable, on ne peut pas être tranquille, même dans sa ville natale, surtout dans sa ville natale.

42

Cher Tobias, je n'ai toujours aucune nouvelle de toi. Alors je te donne les miennes, surtout la dernière, la plus importante, celle qui, j'imagine, va te faire plaisir. Je l'espère en tout cas, je l'espère ardemment, même si ça va peut-être modérer un peu ton enthousiasme.

J'ai rencontré Slavoj Žižek. J'ai fait une interview de lui. Je l'ai là, devant moi, dans mon téléphone.

Ne me demande pas comment je m'y suis prise. Je crois qu'il était aussi surpris que moi et ne savait pas trop comment me dire non. Une femme qui l'aborde dans la rue, non, qui le laisse venir à elle – c'était quand même inattendu, inespéré, miraculeux même, il marchait vers moi, Tobias, rue Trubar, à la hauteur du Réformateur – et qui lui demande si elle peut lui poser quelques questions, pour un ami journaliste qui s'intéresse aux protestations cyclistes et qui a dû retourner chez lui, à Bruxelles. Je peux marcher à côté de vous, ça ne va pas vous prendre beaucoup de temps, jusqu'à l'autre bout de la rue Trubar, si vous allez dans cette direction, pas plus, qu'est-ce que vous en dites ? ai-je proposé. Je m'appelle Nastia, Nastia Bertok, je tiens une galerie à Paris et je suis venue pour quelque temps à Ljubljana.

Il m'a lancé un long regard, un regard incrédule, interloqué, intrigué aussi. Un regard qui ressemble au tien : sombre, mais pas ténébreux, ni mélancolique.

D'accord, a-t-il répondu. Mais je n'ai pas beaucoup de temps, je suis pressé… Allons-y, on peut marcher ensemble jusqu'au bout de la rue Trubar.

Voilà comment ça s'est passé, Tobias. Nous avons fait toute la rue côte à côte, avec quelques petits arrêts et un autre, un peu plus long, à la fin. Je lui ai posé plus ou moins les questions que tu avais évoquées, tu te rappelles, sous les draps dans ton lit. J'ai essayé de garder le fil rouge, de ne pas le laisser partir dans trop de digressions, même si elles étaient toutes passionnantes – sur l'extraction du lithium en Bolivie, notamment –, étant donné que la rue Trubar n'est pas si longue, tu sais bien. Huit cents mètres, pas plus. Huit cents mètres d'interview avec Slavoj Žižek.

J'espère que tu souris en lisant ça. J'ai huit cents mètres d'interview avec Žižek dans mon téléphone. Je te les donne. Cadeau.

Il n'y a qu'un problème. Nous avons parlé en slovène. Tu peux toujours l'écouter pour entendre sa voix dans sa langue maternelle – c'est vrai, plus naturelle, plus fluide, placée à un autre endroit de son corps – mais vu que tu ne comprends que cinq phrases, ça ne va pas te mener bien loin.

Je t'ai donc fait une traduction. J'ai traduit l'essentiel, du mieux que j'ai pu, surtout sa dernière phrase, ma préférée, celle qu'il a dite à la fin quand on était déjà depuis un moment au bout de la rue Trubar.

— Est-ce que Ljubljana est pour vous un bon endroit pour observer le monde, surtout en ce moment ?

Voilà ma première question, il fallait bien commencer par quelque chose.

— Ljubljana n'a rien de spécial. Il y a de meilleurs endroits pour observer le monde, non ? En revanche, il y a trente ans, à la fin du socialisme, c'était un vrai avantage d'être là. On savait qu'on vivait dans un système autoritaire même s'il commençait à craquer de partout, mais, à la différence des autres pays de l'Est, les frontières étaient ouvertes et on n'avait aucune illusion sur l'Ouest. C'était une situation assez exceptionnelle. Aujourd'hui, rien de tel. Un pays somme toute assez ennuyeux.

— Vous n'exagérez pas un peu ? Vous vivez ici et vous avez l'air plutôt content.

— Je le suis, paradoxalement. Grâce à l'oppression communiste des années soixante-dix, si je peux le dire comme ça, j'ai été interdit de carrière universitaire. Finalement, c'est la meilleure chose qui me soit arrivée. J'ai été au chômage pendant quelques années, puis j'ai trouvé une place dans un institut de recherche, bien moins prestigieux que l'université. Mais j'étais libre, alors j'ai commencé à chercher des contacts à l'étranger. Sans cette oppression communiste, je sais très bien ce que je serais devenu : un petit professeur de philosophie local, perdu dans de petites querelles locales.

— Mais pour une fois, il se passe quelque chose d'intéressant sous vos yeux, non ? Je parle du mouvement de protestation cycliste.

— Là, vous avez raison. C'est même assez unique. Un mouvement très bien organisé, avec des exigences concrètes, comme le référendum sur l'accès à l'eau qui se prépare. Mais il ne faut pas trop idéaliser non plus. Ces mouvements de la société civile sont toujours forts dans la contestation, ce qui est tout de même une position assez confortable.

Dans notre cas, avouez-le, il est assez facile d'être contre le gouvernement actuel. C'est facile aussi d'avoir des exigences. Et après? Qu'est-ce qui va se passer après? Qui va prendre les décisions qui s'imposent? Dès qu'il s'agit du programme politique et du pouvoir, ces mouvements sont tous plus ou moins voués à l'échec. Il suffit de regarder ce qu'est devenu Podemos en Espagne : un parti politique pâle, sans envergure, même le Parti socialiste est parfois plus à gauche qu'eux. C'est là qu'on voit leurs limites, car il est clair que nos systèmes libéraux multipartites ne sont pas assez forts pour se confronter aux grandes crises comme le réchauffement climatique et ses conséquences terrifiantes qui menacent jusqu'à notre existence.

Il y a autre chose. Quand j'entends dire « la voix du peuple » ou « assemblée populaire », je me demande toujours : c'est qui, le peuple? Qui parle au nom du peuple? Qui décide du thème chaque vendredi? Il y a toujours quelqu'un qui décide, dans notre cas, deux, trois personnes.

Je me suis arrêtée un instant, voulant le contredire. Même moi qui ne vis pas à Ljubljana, je sais bien qui fait partie de l'organisation du mouvement, j'ai parlé avec deux d'entre eux au café où ils se réunissent tous les vendredis.

Mais il ne s'est pas laissé interrompre.

— Non, non, je n'ai pas fini, s'est-il exclamé, tout en continuant à marcher et à parler avec entrain et enthousiasme. Parce que je ne pense pas que ce soit mauvais, au contraire. Le peuple en soi est conformiste et ne s'organise jamais de lui-même. Il se saisit d'une colère qu'il faut savoir traduire en exigences. Les mouvements civils doivent être autoritaires dans le bon sens du mot. Parce que nous avons besoin d'une société civile forte et organisée qui sache mettre la pression sur l'État. Comme nous avons besoin d'un État fort capable de prendre des décisions pragmatiques avec une vision à long terme. Parce que – et tout marxiste sans être pour autant stalinien – le sait : la liberté est une très belle chose. La liberté dans tous les sens du mot. Mais pour que je puisse en profiter, la société doit intégrer un tas de lois, de prescriptions, de règles non écrites… Car à quoi bon la liberté si le soir j'ai peur de marcher dans les rues de Ljubljana ? À quoi bon la liberté si je ne peux pas trouver le médecin dont j'ai besoin ? À quoi bon la liberté si mes enfants ne peuvent pas étudier ? Un État fort ne veut pas dire une limitation de la liberté, mais au contraire une condition de la liberté.

Et ce dont nous avons besoin encore plus – et là, je parle du réchauffement climatique et de toutes les crises à venir, et elles seront nombreuses – c'est d'une coopération internationale. Une coopération internationale contraignante. Je ne suis pas un souverainiste, genre Brexit – c'est même la tendance la plus négative qui soit –, au contraire. Je pense que l'Europe devrait devenir, sinon une confédération, au moins une fédération. Je ne vois pas d'autre solution. Il nous faudra des mesures fortes, urgentes, prises en commun.

— C'est ce que vous appelez le communisme, c'est ça ?

— Plutôt le communisme du désespoir. Ou le communisme de guerre. En tout cas, le communisme des mesures contraignantes dans les conditions extrêmes qui nous attendent. Un communisme qui n'a rien à voir avec celui du vingtième siècle, qui ne veut pas organiser une nouvelle opulence, qui ne veut pas annuler le marché, mais le réguler, le limiter… Un communisme pour essayer de maîtriser les crises à venir, provoquées par le réchauffement climatique, les migrations massives, la sécheresse, la famine, les guerres… tout ce qui nous attend et à quoi on ne veut pas croire.

On s'est arrêtés au feu rouge de la rue Ressel, ce qui voulait dire qu'il nous restait à peu près un tiers de la rue Trubar.

— Est-ce qu'on peut revenir à ce qui se passe ici et dire encore quelque chose sur les protestations de la société civile slovène ? Au fait qu'il s'agit non seulement d'un mouvement bien organisé, non violent, mais aussi très créatif, je pense par exemple aux poètes qui écrivent des poèmes exprès pour l'occasion ? Est-ce que ça vous surprend ?

— Oui, évidemment. Et je ne peux pas ne pas penser à Maidan. Le même jaillissement, la même créativité… Théâtre, débats, conférences philosophiques, ébullition… Puis il y a un autre phénomène qui est intéressant, une sorte de renversement de valeurs. Quand j'étais jeune, c'est la gauche qui jouait la carte de la rébellion sauvage, des gros mots, des doigts d'honneur… disant que la dignité était de droite et qu'il fallait la provoquer et la démasquer. Aujourd'hui, c'est le contraire. C'est la droite qui est violente et vulgaire. On le voit bien : ce qui dérange le plus le pouvoir, ici, en tout cas, c'est la nature pacifique, non violente des protestations. Ils font tout pour les provoquer et pouvoir dire : voilà, c'est eux, les fauteurs de trouble, les casseurs…

Et là, on pourrait peut-être tirer une conclusion surprenante : pourquoi laisser à la droite les valeurs traditionnelles comme l'ordre, le respect, la loi ou même la famille ? En vieillissant, je deviens un conservateur de gauche. Je rêve d'une société où les communautés LGBT vivraient en parfaite symbiose et respect mutuel avec les défenseurs de la famille la plus traditionnelle. Et d'une gauche qui dirait : C'est nous qui sommes pour la paix et la loi, et vous, la droite, de dangereux révolutionnaires dans le mauvais sens du mot. Et là je pense à la horde de trumpistes qui a attaqué le Capitole. Ça devrait nous ouvrir les yeux, non ?

Arrivés au bout de la rue Trubar, décidément la rue la plus politique de la ville, nous sommes restés silencieux pendant un moment. Il y avait comme un air d'été autour de nous, un soleil radieux et un petit vent frais qu'on sentait à peine.

— Alors vous êtes quand même un peu optimiste ? lui ai-je demandé.

Il a tourné vers moi son regard lucide et espiègle à la fois. Et puis il m'a dit ces quelques phrases que je te transmets pour la fin, Tobias, avec joie et espoir.

— Non, pas du tout. Je suis pessimiste. Un pessimiste qui croit aux miracles. Nos cyclistes, c'est ça, un petit miracle.

Mes remerciements,

à Gilles Ortlieb pour avoir été un lecteur attentif et amical,

au docteur Dimitrij Klančič, pour m'avoir enseigné les glomérules et tout le reste,

et surtout, évidemment – et j'aurais dû commencer par lui – à Slavoj Žižek pour avoir accepté de jouer le rôle de Slavoj Žižek dans mon roman.

Composition : Soft Office
Achevé d'imprimer
par CPI Firmin-Didot
à Mesnil-sur-l'Estrée, en janvier 2024
Dépôt légal : janvier 2024
Numéro d'imprimeur : 178196

ISBN : 978-2-07-303742-8/Imprimé en France

613869